Deseo

El millonario del ático B

Anna DePalo

HARLEQUIN™

Editado por HARLEQUIN IBÉRICA, S.A.
Núñez de Balboa, 56
28001 Madrid

I.S.B.N.: 978-84-671-7484-7
Depósito legal: B-38313-2009
Editor responsable: Luis Pugni
Preimpresión y fotomecánica: M.T. Color & Diseño, S.L.
C/. Colquide, 6 portal 2 - 3º H. 28230 Las Rozas (Madrid)
Impresión y encuadernación: LITOGRAFÍA ROSÉS, S.A.
C/. Energía, 11. 08850 Gavá (Barcelona)
Fecha impresion para Argentina: 21.6.10
Distribuidor exclusivo para España: LOGISTA
Distribuidor para México: CODIPLYRSA
Distribuidores para Argentina: interior, BERTRAN, S.A.C. Vélez
Sársfield, 1950. Cap. Fed./ Buenos Aires y Gran Buenos Aires,
VACCARO SÁNCHEZ y Cía, S.A.
Distribuidor para Chile: DISTRIBUIDORA ALFA, S.A.

Prólogo

Cinco meses antes

Él tenía el rostro delgado e impenetrable de un guerrero. La necesidad de conquistar iba impresa en sus rasgos oscuros.

¿Pero era un asesino?

Jacinda Endicott lo absorbió todo: el abundante cabello castaño oscuro, los ojos castaños y la mandíbula de granito.

Vestido con un esmoquin que moldeaba sus anchos hombros, él sujetaba con despreocupación una copa de champán.

Un pulcro Cary Grant o George Clooney.

No sonreía, casi parecía triste. Miraba de frente a la cámara y una distancia leve pero insalvable lo separaba de sus colegas. Dada su enorme altura, superaba sin esfuerzo a la pareja de su derecha y a los dos hombres de su izquierda.

Jacinda contempló la foto en su ordenador. Gage Lattimer lo tenía todo para acelerarle el pulso a cualquier mujer, pensó al tiempo que notaba aumentar el suyo y fruncía el ceño.

El multimillonario capitalista y director de la empresa de inversiones Blue Magus Investments mantenía un perfil público bajo pero su aura de poder era casi palpable.

Era el tipo de hombre que ella imaginaba que atraería a su hermana Marie… antes de que su romance se convirtiera en algo mortal.

Se le encogió el corazón.

Le resultaba muy difícil creer que Marie ya no estaba. Hacía dos semanas ya. Ella seguía esperando que la pesadilla terminara pero, cada mañana, antes incluso de abrir los ojos, un pavoroso sentimiento le comprimía el estómago.

¿Volverían las cosas a su cauce alguna vez?

Según la policía, Marie había saltado desde la azotea del edificio de su elegante apartamento en Park Avenue.

Un suicidio, había dicho la policía. Pero Jacinda se negaba a creer que su preciosa y vivaracha hermana pequeña se hubiera quitado la vida.

No se había encontrado ninguna nota de suicidio y ¿acaso no había siempre una nota en esos casos? Además, la autopsia no había encontrado rastro de drogas en el cuerpo de su hermana.

Jacinda sacudió la cabeza. No tenía ningún sentido.

Su hermana se había mudado de Londres a Nueva York nada más graduarse en la universidad St. Andrews con ganas de emprender una aventura. Marie había dejado a su familia más próxima a un océano de distancia, maravillada con la emoción y el glamour de la vida en el ambiente de *Sexo en Nueva York.*

En aquella gran ciudad, su hermana había trabajado como agente inmobiliario para empresas y al cabo de un tiempo había creado su propia empresa. A base de trabajo duro y una chispeante personalidad, enseguida había logrado varias cuentas lucrativas.

Pero Marie estaba muerta. Arrebatada a la vida a sus jóvenes veinticinco años.

Por mucho que la policía lo asegurara, Jacinda sabía en el fondo de su corazón que su hermana no había saltado. Alguien la había empujado. El asunto era, ¿quién? Y ¿por qué?

La primera pista para Jacinda había llegado por casualidad cuando había volado a Nueva York con sus padres y su hermano nada más recibir una llamada del detective Arnold McGray del departamento de policía de la ciudad con las noticias de la inesperada desaparición de Marie.

En la oficina de su hermana, ella se había encontrado con una broker que había trabajado para Marie y que le había mencionado que Marie mantenía un romance con un hombre multimillonario, poderoso y solitario. Su hermana no había querido decirle el nombre pero lo había descrito como alguien alto y moreno con insondables ojos negros y un adorable hoyuelo en la mejilla.

Jacinda había absorbido la información. Le

había dolido que Marie no le hubiera hablado de esa relación. Pero seguramente su hermana había creído que ella no aprobaría al hombre por alguna razón.

Por supuesto que no lo habría aprobado si hubiera tenido alguna sospecha de que era un asesino en potencia.

Marie había sido un espíritu libre y a veces impetuoso. En el instituto había salido con un chico con un pendiente en la nariz y con un roquero con cresta.

A pesar de todo, su hermana nunca había escogido con tan poco acierto sus citas como aquella última vez.

Por supuesto, Jacinda había acudido a la policía con la información de que su hermana podría haber estado viviendo una aventura. La policía le había dicho que necesitaban más información, mucha más, para considerar a un posible amante como sospechoso de asesinato.

Así que ella había rebuscado entre las posesiones de Marie… sin encontrar nada. Tal y como la policía ya había determinado, no había ningún correo electrónico extraño ni llamadas de teléfono a números interesantes. Nada.

O bien la aventura había sido una ilusión o la había llevado extremadamente en secreto, con un amante lo suficientemente astuto como para permanecer en el anonimato.

Desesperada, ella había investigado más a fondo y había sido entonces, en el despacho de su hermana, donde había encontrado el archivo acerca de Blue Magus Investments.

Su hermana había estado buscando nuevas oficinas para esa empresa de inversiones.

Al ojear el informe, sus ojos se habían detenido en un nombre, Gage Lattimer, y en las anotaciones a mano de su hermana en el margen: *Multimillonario, con buenos contactos y vida recluida.*

Multimillonario, poderoso y solitario. Jacinda no necesitaba más.

De regreso a su hotel, había buscado a través de Google la poca información existente acerca de Gage Lattimer.

En aquel momento, Jacinda tenía la vista fija en la pantalla de su ordenador. Físicamente, Gage Lattimer encajaba en la descripción de su hermana. Y, aunque no sonreía en la foto que ella estaba viendo, le pareció adivinar la huella de un hoyuelo.

Tenía treinta y cinco años, estaba divorciado y disponible.

A través de una red social por Internet, descubrió que Gage vivía en un ático en el 721 de Park Avenue. La dirección de su hermana.

«Bingo», pensó.

Demasiada coincidencia. Al menos, para ella, pero no así para la policía. Debía reunir pruebas más convincentes para lograr que ellos se interesaran en el caso. La policía había llegado a la conclusión de que la muerte de Marie había sido un suicidio y había desestimado sus afirmaciones acerca de un romance secreto. La considerarían una chiflada por acusar de asesinato a un millonario poderoso y de vida nada escandalosa.

Jacinda desvió la mirada de la pantalla hacia la ventana. Pero en lugar de ver las azoteas y los edificios de oficinas de Canary Wharf, el novedoso distrito financiero de Londres, en la calurosa tarde de julio, vio su reflejo en el cristal.

Un rostro de belleza clásica la contemplaba. Ojos verdes, como los de un gato según su madre, enmarcados por largas pestañas y adornados por una nariz aguileña y una boca con un pronunciado labio inferior. Su pelo castaño, largo y rizado, quedaba parcialmente recogido con un pasador de cristal.

Marie tenía rasgos parecidos pero era algo más baja que Jacinda, de metro setenta de estatura.

Si la policía no tenía interés en encontrar al asesino de su hermana, ella descubriría la verdad por su cuenta. Se lo debía a Marie.

Su hermana no había tenido la oportunidad de desarrollar su vida. Ya no podría viajar. No podría ser dama de honor en la boda de Jacinda ni conocer a sus sobrinos. Nunca se casaría ni tendría hijos.

La muerte de su hermana hacía dos semanas había teñido sus días de apremio. De pronto, Jacinda lo quería todo ya: el esposo, los hijos, la vida estable y completa.

¿A qué estaba esperando? ¿Quién sabía cuánto tiempo le quedaba de vida?

Se había planteado largo y tendido lo que supondría tomarse un permiso de su empleo como ejecutiva de publicidad en la prestigiosa empresa Winter & Baker. En los últimos tiempos, dado el plan que estaba formándose en su cabeza, había sabido que no tenía otra opción.

Tenía que encontrar al asesino de Marie. De lo contrario, el caso quedaría sin resolver. De lo contrario, ella no podría seguir con su vida.

Como era de esperar, su familia se había quedado destrozada al conocer la muerte de Marie. Sus padres y su hermano, Andrew, se habían sumido en un hondo pesar. Eran una familia de clase media alta muy unida. El pequeño negocio de sus padres había generado suficientes ingresos para poder enviar a los tres hijos a buenos internados.

Pero Marie ya no estaba.

Jacinda había acompañado a sus padres y su hermano a recoger el cuerpo de Marie para que pudiera ser enterrado en el terreno familiar a las afueras de Londres.

Al contrario que ella, el resto de su familia había aceptado, aunque a regañadientes, el dictamen de la policía de que Marie se había suicidado, ya que no había pruebas de ninguna otra posibilidad.

Pero Jacinda no había podido suprimir un sentimiento de inquietud en su interior. Ella conocía a Marie. Habían crecido tan unidas como podían estarlo dos hermanas, compartiendo más que ningún otro miembro de la familia sus sueños y secretos.

Su hermana no se habría suicidado.

Jacinda volvió a mirar el ordenador.

Gage Lattimer. ¿Era él la clave para resolver el crimen?

Sin permitirse dudar, agarró el teléfono y marcó el número del exclusivo edificio de apartamentos de Marie. Con ayuda del listín telefónico había localizado el número de la recepción.

–721 de Park Avenue –la saludó una voz masculina con típico acento neoyorquino.

Jacinda se recordó que debía disfrazar su acento inglés si quería que su plan tuviera éxito.

Carraspeó.

–Hola, llamo en nombre de Gage Lattimer, uno de los residentes.

–¿Qué desea? –preguntó el hombre con un tinte de sospecha en la voz.

Ella dedujo que estaba hablando con el portero del edificio de lujo de Marie.

Marie se había trasladado al 721 de Park Avenue el año anterior y Jacinda había estado allí una vez tras la muerte de Marie.

En aquella ocasión había visitado el apartamento de su hermana sola y disfrazada porque ya empezaba a perfilar su plan y no había querido ponerlo en peligro. A su familia les había dicho que no quería visitar el apartamento con ellos porque le resultaba demasiado doloroso ir allí pasado tan poco tiempo del trágico suceso.

–El señor Lattimer regresará a Nueva York en breve y le gustaría localizar a su ama de llaves para que el ático esté listo –dijo ella intentando sonar seria y profesional–. Llegará con algunos invitados.

–¿Y usted es…?

Ella cruzó los dedos.

–Su secretaria.

–¿Y no tiene el número de teléfono de Theresa?

–No –respondió ella sin alterarse–. Soy nueva.

El hombre gruñó.

–Un momento.

Jacinda contuvo el aliento. Había supuesto que el personal de un edificio tan elegante sabría cómo localizar al servicio de uno de los vecinos, ya que tendrían esa información por si hubiera una emergencia.

Y entonces, sencillamente, el hombre al otro lado de la línea le recitó el teléfono de Theresa.

–Gracias –dijo ella y colgó.

Sin detenerse ni a respirar para no perder el valor, marcó el número y volvió a cruzar los dedos.

Acababa de hacerse pasar por la secretaria de Gage Lattimer. Con suerte, pronto estaría trabajando como su ama de llaves, la diosa del servicio doméstico Jane Elliot.

Dos meses antes

Tras dejar su gabardina y su maletín en una silla del vestíbulo, Gage se encaminó a la espaciosa zona diáfana que albergaba las principales zonas de recreo de su moderno ático dúplex.

Sólo había dado un par de pasos cuando se detuvo en seco por la atractiva visión que había frente a él.

Un trasero respingón, moldeado por unos vaqueros de talle bajo, se movía seductoramente adelante y atrás y unas esculturales piernas se alargaban hasta unas sandalias negras de cuña.

Se excitó.

Fugazmente pensó que, mientras las sandalias obedecían al calor de julio en Nueva York, al menos el hecho de que los tacones fueran de cuña suponía una concesión a lo práctico.

Desde luego, no había nada más práctico respecto a ella, al menos hasta donde había podido comprobar.

Ella estaba inclinada hacia delante, al parecer concentrada en limpiar la parte inferior de una mesa cerca de la chimenea.

Una sonrisa acudió a los labios de Gage antes de que la reprimiera.

Carraspeó.

–¿Encuentra algo interesante ahí abajo? –inquirió.

Ella se irguió y se giró bruscamente, evitando por muy poco romper una lámpara de cristal.

Él la vio llevarse una mano al corazón sobresaltada.

«Muy bien», se dijo Gage. Así al menos ella obtenía una dosis de su propia medicina. Él llevaba experimentando esos acelerones de pulso desde hacía meses.

–¡No sabía que había alguien más en el apartamento! –exclamó ella.

–Acabo de llegar a casa.

Se quedaron mirando y Gage casi pudo oír el zumbido de la energía sexual por toda la habitación.

«Fabulosa», pensó por enésima vez.

Ella tenía los rasgos delicados y simétricos de una modelo, junto con grandes ojos verdes y una melena castaña larga y rizada que él querría ver desparramada sobre su propia almohada.

Era más alta que la media, pero su esbelta figura estaba audazmente equilibrada por curvas redondeadas en los lugares precisos.

Gage se encendió de nuevo. ¿Qué hacía ganándose la vida limpiando apartamentos? Hasta las jóvenes que acudían a Nueva York con aspiraciones de estrella preferían ser camareras antes que empuñar una aspiradora.

Debía de ser que ella no tenía ningún contacto y que era demasiado ingenua para explotar sus evidentes cualidades.

Era un dulce melocotón que había caído en su regazo. Salvo que él ya no comía de ese árbol, resultado de su amargo divorcio.

Cuatro meses antes, cuando su anterior empleada, Theresa, le había dicho que dejaría el trabajo en dos semanas para marcharse a cuidar de su hermana enferma, había recomendado a Jane Elliot para sustituirla. Demasiado ocupado para pensárselo mucho, y queriendo evitar la pesadez de las agencias de servicio doméstico y las interminables entrevistas, él había aceptado la recomendación.

–Normalmente no regresa a casa tan temprano –señaló, rompiendo el denso silencio que los envolvía.

Él asintió levemente.

–Tomé el último avión anoche desde Los Ángeles y hoy he ido directamente a la oficina desde el aeropuerto –explicó y sonrió ligeramente–. No he dormido mucho.

Sentía los ojos pesados a causa de la falta de sueño. Había salido de su oficina de Midtown a media tarde, algo poco usual en él.

Desde que había contratado a Jane como ama de llaves, más a menudo de lo que sería bueno para él y su exigente carrera había logrado regresar a casa a tiempo para encontrársela alguno de los tres días de la semana que ella pasaba a limpiarlo.

–¿La parte inferior de la mesa tenía mucho polvo? –preguntó él sin inmutarse.

Lo cierto era que ella no era una gran asistenta de hogar. Siempre olvidaba algo: pasar el polvo a una de las habitaciones, limpiar el aseo de invitados... Era una de las razones por las cuales, tras algo de tiempo, le había ofrecido que trabajara más horas.

Curiosamente, a pesar de parecer incapaz de diferenciar entre un bote de limpiacristales y otro de limpiador de moho del baño, su asistenta se manejaba con soltura en lo referente a comida gourmet y entretenimiento de alto nivel cultural.

Durante un cóctel que él había ofrecido dos meses atrás para algunos socios, había advertido que ella sabía qué cuchillo emplear con cada tipo de queso y que sabía de vinos de importación. Además, había hecho preguntas inteligentes y sugerencias acertadas al responsable del catering.

A él le había gustado mucho escuchar aquella voz suave y cantarina, dejando que lo invadiera como un bourbon añejo, aunque había algo en ella que no le cuadraba: su acento no era de Nueva York. Como una presentadora de noticias, parecía ser de todas partes y de ninguna al mismo tiempo.

Era un enigma. Y él deseaba adentrarse en él, muy a su pesar. Quería acostarse con ella.

Frunció los labios. Ya había salido escaldado una vez, se recordó. Y, como buen veterano de un agrio divorcio, no iba a cometer la estupidez de volver a perder el sentido por una cara bonita.

Una cara no solamente bonita, se vio obligado

a admitir, sino bella, espectacular incluso. Tanto como para que a él no le importara si había pasado el polvo a sus trofeos de béisbol o no.

–¿Cómo dijo que Theresa y usted se conocieron? –preguntó de pronto.

Ella abrió mucho sus ojos verdes.

–Theresa y mi madre fueron juntas al instituto.

–Cierto. Ahora recuerdo que eso fue lo que usted dijo.

Se la quedó mirando sin poder evitarlo. Ella estaba muy atractiva con su uniforme de trabajo consistente en una camiseta y unos pantalones vaqueros. Ese día la camiseta era verde y realzaba el color de sus ojos. Moldeaba unos senos abundantes y firmes que parecían llamarlo como si él fuera un gorrión que buscara volver al nido.

La vio humedecerse los labios y tragó saliva, nervioso.

–Ya he terminado aquí –dijo recogiendo un plumero del sofá–. Y casi he acabado de limpiar el resto del apartamento. Enseguida me marcho.

Él la vio pasar a su lado y la siguió con la mirada hasta que desapareció hacia la parte trasera del piso.

Maldición. Era un masoquista. ¿Quién si no desearía retener a un ama de llaves mediocre con un cuerpo a lo Gisele Bündchen? Desde luego, no las matronas de la sociedad que se paseaban por la lujosa Park Avenue.

¿Y si Jane necesitaba dinero?

A pesar de todo, él sentía una perturbadora atracción hacia su empleada. Debería escribirle una buena carta de referencia y despedirla con una indemnización de varias semanas.

Antes de enamorarse de ella.

Justo entonces Gage oyó su teléfono móvil y, con una mueca, lo sacó del bolsillo de sus pantalones.

Recordó que sólo había dormido tres horas, que por fin estaba en casa y que apenas había tenido ocasión de dejar sus cosas a la entrada y encenderse con su ama de llaves.

La pantalla le informó de quién llamaba.

–Reed, me alegro de saber de ti.

–No te alegrarás tanto cuando sepas por qué te llamo –contestó Reed.

Reed Wellington y si esposa, Elizabeth, vivían en el otro ático del edificio. El millonario había invertido en un par de las operaciones que Gage había organizado. La relación de beneficios mutuos había comenzado cuando ambos habían coincidido en la junta de propietarios de la casa.

–¿Qué sucede? –preguntó Gage, consciente de que sonaba agotado.

–Supongo que no has comprobado tu correo hoy.

–Acabo de llegar a casa.

Paseó la mirada por la habitación. Jane solía recoger el correo y dejarlo en una bandeja en su estudio.

–El Organismo Regulador del Mercado de Valores nos está investigando.

Gage se detuvo, repentinamente alerta.

–¿Cómo?

–Ya me has oído.

–¿A cuento de qué?

Apretó la mandíbula, olvidada su falta de sueño.

–Por la compra de acciones de Tecnologías Ellias.

Gage recordó la operación que había recomendado a Reed unos meses atrás. Había tenido una corazonada acerca de aquella empresa de alta tecnología en telecomunicaciones al leer sobre ella en una revista de negocios. Había consultado con su agente de bolsa, quien había investigado y concluido que era una buena apuesta.

A corto plazo, su presentimiento había demostrado ser acertado. A las pocas semanas de que Reed y él hubieran comprado un abundante paquete de acciones, Ellias había suscrito un lucrativo contrato para suministrar sistemas de radio al Ministerio de Defensa.

Pero El Organismo Regulador del Mercado de Valores había metido las narices en el asunto.

–Nos piden que, voluntariamente, les proporcionemos documentos relacionados con la compra de acciones –añadió Reed–. Estoy seguro de que han contactado con tu agente de bolsa.

–¿El Organismo sospecha que hemos cometido un fraude? –preguntó Gage sin dar crédito.

–Creo que lo que persiguen es el abuso de información privilegiada, amigo mío.

Gage se puso muy serio.

–Tú y yo nos conocemos desde hace unos años, Reed. No creerás que te recomendé esa compra basándome en informaciones bajo cuerda, ¿verdad?

–Yo confío en lo que me dijiste.

Gage sintió aliviarse algo de la tensión de sus hombros.

–Maldita sea. ¿Cuánto hemos obtenido por esa compra? ¿Cien mil o así, tal vez? Eso es una nimiedad para gente de nuestro nivel y estoy seguro de que no merece la pena todo el trabajo que requiere una investigación del Organismo.

–Yo lo sé, pero explícaselo a los federales.

–Maldición.

Reed hizo un sonido de conformidad forzada.

–De todas formas, ¿qué diablos les ha llevado a creer que yo tenía información privilegiada? –reflexionó Gage.

–Buena pregunta –respondió Reed y soltó una seca carcajada–. Nunca creerías la coincidencia.

–Cuéntamela.

–Adivina quién acabo de descubrir que está en la comisión del Senado que dio luz verde al contrato de Ellias.

Gage intentó deducirlo. Él estaba relacionado con varios funcionarios del Estado. Dado lo rico que era, muchos políticos lo querían en su círculo de amistades.

–Kendrick –anunció Reed sin esperar respuesta.

Gage maldijo en voz baja.

–Exactamente –coincidió Reed.

El senador Michael Kendrick y su mujer, Charmaine, habían vivido en el edificio hasta aquel verano. Kendrick incluso había formado parte de la junta de vecinos durante un turno, que había coincidido con el suyo y de Reed.

Gage, al igual que muchos otros vecinos, había contribuido a la campaña de reelección de Kendrick.

Y el Organismo Regulador del Mercado de Valores creía que el senador les había pasado información a Reed y a él acerca de un contrato del Gobierno antes de que se hiciera pública.

–Es bastante peor de lo que crees –añadió Reed–. Olvida que Kendrick vivió en nuestro edificio. Yo lo había tanteado para proveer de contenido a una nueva empresa vía Internet consistente en una red de trabajo acerca del medio ambiente.

–Maldita sea –repitió Gage.

Las conversaciones de Reed con Kendrick no podrían haberse dado en peor momento. Aumentarían las sospechas de la relación de ellos dos con el senador.

–Desconfío de por qué justo ahora nos está investigando el Organismo –comentó Reed.

–¿Y eso?

–¿Recuerdas la carta de chantaje que recibí?

–Sí.

De pronto, Gage hizo la misma conexión que Reed.

–¿Crees que las dos cosas están relacionadas?

–Sí.

Reed había recibido una carta exigiéndole que depositara diez millones de dólares en una cuenta en el paraíso fiscal de las islas Caimán o el mundo conocería el oscuro secreto de cómo habían construido su fortuna los Wellington.

Por supuesto, el espabilado inversor se había negado a pagar. Alguien con la fortuna de Reed Wellington III y sus antecedentes aristocráticos no se dejaba presionar. A Gage le habría encantado explicárselo cara a cara, o mejor mano a mano, al chantajista de marras.

Reed le había contado lo del chantaje, pero Gage no había imaginado que llegarían hasta aquel extremo.

Era absurdo. Más que absurdo. Él no tenía nada que esconder y sabía que a Reed le ocurría igual. Por eso ambos habían atribuido las cartas a algún chiflado.

Al ser multimillonario, uno debía acostumbrarse a que la gente intentara sacarle dinero. Su ex mujer era un caso típico, pensó Gage con una sonrisa sin humor. Y luego estaban los juicios y tal vez un par de chalados chantajistas, como era el caso.

Por esa razón él mantenía una cohorte de abogados.

Menuda basura.

La fatiga y la falta de sueño estaban desembocando en un intenso dolor de cabeza.

–Gage, ¿sigues ahí?

La voz de Reed lo sacó de sus acelerados pensamientos.

–Sí, sigo aquí –respondió–. Necesito llamar a mi hermano y a los abogados. Sin embargo, cuando el Organismo nos investigue, descubrirá que sus sospechas son infundadas.

Gage terminó la conversación con Reed y se giró al oír un ruido proveniente del vestíbulo.

Frunció el ceño y al instante Jane se asomó por el arco que conectaba con el salón.

–Lo siento –se disculpó con un hilo de voz–. Estaba limpiando el polvo a un jarrón y se me ha caído.

Gage se planteó si ella habría estado escuchando su conversación a escondidas, pero desechó la idea rápidamente. ¿Por qué razón iban a importarle a ella sus asuntos financieros? Si Jane tuviera inclinaciones criminales, seguramente estaría más interesada en robar algo de la casa.

La reaparición de Jane le hizo cambiar el rumbo a sus pensamientos. Antes de que pudiera plantearse los pros y contras de la idea, se oyó diciendo:

–Tenemos que hablar de su horario de limpieza.

Ella lo miró alarmada y se plantó de lleno bajo el arco.

–¿De veras? ¿Algo no va bien?

Sólo que ella le disparaba la lujuria. Nada que un buen revolcón no curara.

–Me gustaría ofrecerle un puesto como interna.

Ella lo miró atónita.

–Este piso dispone de habitaciones para el servicio doméstico, aunque raramente se utilizan. Theresa se quedaba a pasar la noche alguna vez para limpiar al día siguiente de una fiesta.

Ella seguía sin decir nada.

–En diciembre celebro más fiestas de lo normal –añadió él sonriendo–. Por las vacaciones y todo eso.

Casi todo era para estrechar lazos a nivel comercial. Aun así, él se sentía obligado a divertir a los asistentes aprovechando el ambiente navideño.

Ella tragó saliva.

–¿Entonces el puesto de interna sería temporal?

Él la observó detenidamente. «Depende de cuánto tiempo me lleve superar esta lujuria», pensó.

–¿Por qué no probamos a ver qué tal funciona? –propuso él–. Durante el cóctel de hace unas semanas advertí que se le dio bien el tema de la cocina y debo admitir que incluso la comida gourmet para llevar se convierte en algo aburrido después de un tiempo.

Ella se quedó boquiabierta.

–¿Quiere que cocine para usted?

Él enarcó una ceja.

–¿Supone un problema? Tengo curiosidad acerca de sus habilidades culinarias.

Ella negó con la cabeza.

–No, no es ningún problema.

Él iba a aprovechar las cualidades que tenía. Si no era buena limpiando, al menos podía cocinar.

–Sólo sería ocasionalmente. Habitualmente ceno fuera con los clientes y socios.

Ella frunció el ceño.

–Vivo en un estudio…

–No necesitaría renunciar a él –le aseguró Gage–. Seguiría teniendo días libres, claro, aunque, con la temporada de vacaciones y las fiestas que quiero ofrecer, preferiría que no fueran en fines de semana. ¿Qué le parece los martes y miércoles?

A juzgar por la expresión de ella, estaba evaluando los pros y contras de la oferta.

–Por supuesto, recibiría salario extra –añadió, endulzando la oferta y poniendo a prueba su teoría de que ella podría necesitar dinero–. ¿Digamos, el cincuenta por ciento más?

–Su paga ya es generosa de por sí.

—Estoy deseando pagar por lo mejor —respondió él con mucha labia.

La mejor ama de llaves. La mejor cocinera. La mejor asistenta y modelo a la vez paseándose por su ático y volviéndolo loco.

—Piénselo.

Ella asintió.

—De acuerdo.

—¿De acuerdo, lo pensará o de acuerdo, acepta?

Se sostuvieron la mirada.

—De acuerdo, acepto —respondió ella.

—Fabuloso.

Capítulo Uno

En la actualidad

«No puedo creer que continúe con esta charada», se dijo Jacinda dejando su bolso de viaje sobre la cama, junto a una bolsa llena de decoraciones de Navidad.

Era comienzos de diciembre y llevaba cinco meses fingiendo. Cinco largos y agotadores meses en los cuales no había logrado descubrir nada nuevo acerca de la sospechosa muerte de Marie.

La única novedad era que su hermano, Andrew, le había informado de que hacía un par de meses la policía había cambiado de parecer y contemplaban como sospechosa la muerte de Marie.

Pero ella no confiaba en ellos para descubrir la verdad. Así que había seguido esforzándose por recordar quién fingía ser y no bajar la guardia.

Había sido difícil mantener su acento estadounidense, pero afortunadamente era buena imitadora. Un falso carnet de identidad, conseguido en el mercado negro, había hecho el resto.

Contempló su dormitorio. Las habitaciones de servicio se encontraban en el primer piso del dúplex, cerca de la cocina. No eran opulentas pero estaban bien dispuestas, con una cama de matrimonio, un tocador y mesilla de noche, y un cuarto de baño al lado.

Ella se había acostumbrado a vivir allí. En días como aquél, regresando después de un día libre, llegaba con algo de ropa en su bolso de viaje, ropa que había elegido del vestuario que mantenía en su pequeño estudio de York Avenue con la calle Ochenta y dos.

De hecho, no sabía muy bien qué era más grande: todo su apartamento o sólo las habitaciones de servicio de aquel ático de seiscientos metros cuadrados.

Fijó la vista en el tocador. Lo único que le faltaba a la habitación era una buena limpieza por parte de una asistenta de hogar; salvo que ella era la asistenta allí.

Cuando no ejercía de detective.

Desde que había empezado a trabajar para Gage en julio, sus esfuerzos por relacionarlo con la muerte de su hermana habían sido en vano. No había descubierto nada revisando su agenda, rebuscando en los cajones de su escritorio ni comprobando su correo.

Nada, excepto que Gage casi la había sorprendido husmeando en octubre, cuando había regresado a casa antes de lo habitual y ella, en una de sus acciones desesperadas, estaba rebuscando en la parte inferior de la mesa junto a la chimenea.

Él había contestado a una llamada de teléfono que le había hecho fruncir el ceño pero ella, a pesar de sus esfuerzos, no había logrado captar nada significativo de la conversación.

Aparte de ese retazo de información tal vez interesante, no había habido nada. Nada de nada. En lugar de eso, incluso con ayuda de la aspiradora, ella se había convertido en la peor ama de llaves. Era difícil jugar a ser detective y encontrar tiempo para la limpieza.

Abrió el bolso y comenzó a colgar la ropa en el armario.

Había sido un milagro haber logrado convencer a la anterior mujer de la limpieza de Gage para que se marchara. Al llamar a Theresa por teléfono, se había hecho la tonta. Había dicho que buscaba una situación única porque estaba acostumbrada a trabajar para clientela con dinero y educación, razón por la cual no había acudido a una agencia de colocación tradicional para encontrar trabajo.

Afortunadamente, su amiga Penelope, su mejor amiga desde el colegio, casada con un vizconde rico y con buena posición social, le había provisto de referencias, respondiendo por ella como su anterior jefa.

Y para mayor suerte, Theresa había estado planteándose la idea de dejar el trabajo. Un poco mayor de sesenta años, estaba cerca de la edad de jubilación y tenía una hermana enferma que vivía al norte de la ciudad y a la que quería cuidar. La llamada de Jacinda había sido justo la oportunidad que necesitaba para decidirse.

Claro que ella había embellecido la verdad un poco, admitió Jacinda. Después de hacerle algunas preguntas, había dejado que Theresa creyera que su madre había sido compañera suya de instituto. Para Gage había modificado un poco más la verdad y le había dicho que Theresa y la inventada Barbara Elliot no sólo habían sido compañeras de instituto, sino además buenas amigas.

Todo había funcionado: ella había conseguido situarse lo suficientemente cerca de Gage para poder husmear pero también había sido capaz de mantener cierta distancia, acudiendo al ático tres veces a la semana, casi siempre cuando él estaba en el trabajo.

Y entonces, en octubre, Gage la había sorprendido ofreciéndole el puesto de empleada de hogar interna. Desprevenida y nerviosa porque casi la había pillado cotilleando, ella había aceptado la oferta.

Después había justificado su decisión diciéndose que así tendría mucho más tiempo para investigar a Gage y hacer la limpieza.

Pero desde entonces, por las noches se quedaba tumbada en la cama, insomne y nerviosa, consciente de que Gage dormía a pocos metros, con su cuerpo grande y poderoso entre las sábanas de color vino que ella misma había colocado en su suntuosa cama por la mañana.

Se había dicho a sí misma que sus sentimientos eran algo natural, provocados por la tensión y la alarma de estar a solas en el mismo apartamento con un posible asesino y dormir cerca de él.

Pero lo que realmente sentía era una sencilla e innegable atracción hacia él.

Gage era un hombre apuesto. Poderoso, rico y con un buen cuerpo, tendría a todas las mujeres que quisiera si no fuera tan distante.

Era un típico lobo solitario.

Y, más que percibir un sentido criminal en él, veía un recelo en su mirada que hablaba de una herida del pasado. A ella le daban ganas de consolarlo como a su alma gemela. Porque ella también había sufrido una pérdida: Marie.

Sacudió la cabeza para liberar la mente.

Su intuición le decía que Gage no podía ser un asesino pero, ¿no estaría la lujuria haciéndole perder el norte?

Una vez deshecho el bolso de viaje, agarró la bolsa con las decoraciones navideñas y se dirigió al salón. Allí, un árbol de Navidad metido en una caja y otras decoraciones esperaban su atención. Había conseguido que el personal del edificio sacara parte de ellas del trastero de Gage el día anterior. El resto lo había comprado ella con el dinero de gastos para la casa.

Sinceramente, le había sorprendido que Gage poseyera tanto muérdago y adornos. A ella le había parecido alguien que no daba mucha importancia a esas cosas. Pero cuando uno tenía una fortuna de diez dígitos, incluso una pizca de espíritu navideño significaba mucho.

Suspiró, volviendo a pensar en lo de antes.

Había intentado descubrir pruebas, pero sólo había encontrado las que no le servían.

Durante meses, había estado quitando el polvo a los trofeos de béisbol de Gage… de acuerdo, cuando recordaba que tenía que limpiarlos; pero en realidad lo que necesitaba era encontrar pruebas de alguna afición más siniestra. Como cazar o coleccionar cuchillos.

En lugar de eso, había recopilado datos sobre Gage que serían la envidia de cualquier aspirante a su novia.

Tenía tres coches de lujo: un Mercedes, un Lamborghini y un Porsche, en un garaje, aunque casi todo el tiempo viajaba en limusina con chófer.

Era propietario de una casa en las Bermudas, a dos horas de Nueva York en vuelo directo con su avión privado que tenía aparcado en La Guardia y que podía pilotar él mismo porque poseía licencia.

La casa de Bermudas se completaba con otra en el barrio chic de Londres de Knightsbridge, y una cabaña en Vail, Colorado, donde le gustaba ir a esquiar.

Su ático de Manhattan era un escaparate del diseño más moderno, todo vidrio, metal y aristas, con techos altísimos, encimeras de granito y electrodomésticos de acero inoxidable. Tecnología de reconocimiento de huellas digitales en la puerta de entrada y controles de luces táctiles por toda la casa completaban el conjunto.

Le gustaba el expresionismo abstracto. Jacinda reconoció obras de Willem de Koonig y Jackson Pollock entre las que adornaban las paredes.

Sus trajes, casi todos hechos a medida, eran de Davies and Son y de Benson & Clegg, ambos sastres londinenses de fama mundial.

Poseía cinco relojes Rolex, todos guardados en una vitrina de madera con tapa de cristal.

Usaba pasta de dientes Kiehl's y prefería afeitarse con una brocha de las antiguas.

La lista continuaba interminable.

Ella tenía todos los detalles… excepto que no eran los detalles que había ido a buscar.

¿Quién había asesinado a su hermana?

La verdad era que ella no había visto ni una muestra de que a Gage le interesara salir a divertirse con mujeres. Por otro lado, en el cóctel que él había ofrecido hacía unas semanas, había visto a un par de invitadas comiéndoselo con los ojos.

Y un par de veces lo había pillado mirándola a ella ardientemente.

Se estremeció al recordarlo y se concentró en la tarea que se había propuesto.

Empezó a desenvolver los adornos de cristal.

Gage le había pedido que comprara algunos porque quería variar la decoración de su fiesta anual de Navidad para sus amigos y socios; había donado parte de la decoración del año anterior a la caridad.

Ella deseó estar en Londres junto a su familia conforme las vacaciones se aproximaban. Especialmente aquel año. El primero sin Marie.

Pero tenía una misión y, si Gage no era el asesino, ¿quién lo era entonces? ¿Y quién la ayudaría a encontrarlo?

La música fue lo primero que lo envolvió. La dulce voz de Nat King Cole cantando *The Christmas Song*. Luego le llegó el aroma de pan cocinándose en el horno, que le hizo la boca agua.

Gage cerró la puerta de entrada y se adentró en su apartamento frunciendo el ceño. Se detuvo bajo el arco que conducía al salón al ver el enorme árbol de Navidad junto a la chimenea.

Era su árbol, salvo que estaba en camino de ser decorado en rosa y oro. Él nunca utilizaba el rosa.

Y entonces se dio cuenta de que era ella quien estaba tarareando la canción.

Miró hacia la cocina y vio a Jane detrás de la encimera de granito agachándose de espaldas a él para comprobar el horno sin saber que él estaba en casa.

Espontáneamente, Gage no pudo evitar comparar la acogedora escena con sus vacaciones anteriores: descansos de su internado en Nueva Inglaterra; sus padres, civilizados pero distantes y demasiado perfectos; la casa en Greenwich, Connecticut, decorada hasta el techo pero sin emitir auténtica calidez.

Todo lo contrario de la escena que se desarrollaba ante él.

Maldición.

Dejó su maletín en una mesa de cristal y cromo y se quitó la gabardina.

–Estoy en casa –anunció.

Se sintió ridículo nada más decir esas palabras. No estaban en una serie de televisión donde todo era de color de rosa.

Por otro lado, no le importaría verse en algo tipo *Sexo en Nueva York*. Por su mente cruzó fugaz una imagen de Jane con zapatos de tacón y una brevísima lencería apoyando una pierna en la cama de él y llamándolo con el dedo para que se acercara.

Notó que se excitaba y maldijo en voz baja. Justo entonces, Jane se apartó del horno con un trapo en las manos y lo miró sorprendida.

Repentinamente, él tuvo que regresar de sus fantasías.

Le irritaba que ella siempre se asustara al verlo.

Señaló el árbol con la cabeza.

–¿Ha estado ocupada?

–La verdad es que sí –contestó ella rodeando la encimera mientras se secaba las manos en el trapo–. ¿Le gusta?

–Servirá.

El estado constante de alerta de ella y la indeseada atracción que sentía él hacían que Gage se sintiera brusco.

Jacinda bajó la mirada, ocultando su expresión.

–Me alegro.

Él la observó de arriba a abajo.

Vestía unos pantalones negros cómodos, una camiseta verde que moldeaba sus senos y lo que parecían unos botines. El pelo, como siempre, lo llevaba sujeto con un pasador.

Él preferiría verla cubierta de seda, cachemira y satén con el cabello suelto…

Se obligó a contener sus pensamientos.

Vio que ella se mordía el labio inferior. Se hallaban frente a frente, a bastante distancia, como si estuvieran en guardia. Algo demasiado habitual.

Ella hizo un gesto con la cabeza hacia el horno.

–Hay patatas al gratén, *filets mignon* y pan recién hecho. Estaba esperando que regresara para asarlos a la parrilla.

«Puedes asar mis fantasías», pensó él.

–Ha dicho *filets*, en plural.

Ella parpadeó.

–Sí, son pequeños y en la tienda de Lex los vendían por pares, así que…

–Entonces tendrá que cenar conmigo.

Ella lo miró atónita de nuevo, como si hubiera sugerido que se desnudara allí mismo.

Lo cual era una idea de lo más atractiva.

Gage la vio dudar.

–Eso era lo que hacían en la época medieval, ¿sabe?

–¿El qué?

–El señor de la casa tenía a su servicio a un catador para asegurarse de que la comida no estaba envenenada –explicó él con una sonrisa–. Y dado que aquí no hay nadie más, supongo que usted tendrá que actuar como catadora oficial, además de cocinera y empleada de hogar.

Ella se puso nerviosa.

–¿Está sugiriendo que yo lo envenenaría?

–O que dejaría que me ahogara en una nube de polvo –respondió él sonriendo de medio lado.

Tanto lo del veneno como lo del polvo eran bromas, pero al ver que ella se ruborizaba, se puso serio. Necesitaba recordarse quién era él y quién era ella: su empleada de hogar, por todos los santos.

–Será una oportunidad para hablar de la fiesta que estoy planeando para el final de la semana –añadió Gage.

Y además, odiaba cenar solo. En las raras noches en que cenaba en casa, sus pensamientos siempre volaban hacia Jane en las habitaciones del servicio. Se preguntaba qué estaría haciendo y sentía la poderosa tentación de pedirle que le hiciera compañía.

Pero también necesitaban hablar de la fiesta.

Al menos en lo relativo a los asuntos domésticos, su relación marchaba viento en popa.

De hecho, él se había acostumbrado a dejarle notas por el piso con lo que quería que hiciera. *Necesito crema de afeitar. Se ha acabado el café.*

No te reprimas si quieres lanzarte desnuda a mi cama.

Se detuvo en seco y rebobinó. Recuerdo incorrecto.

A pesar de su febril imaginación, la comunicación entre ambos se había convertido en algo familiar a partir del momento en que ella también le dejaba notas.

Ha sobrado comida, está en la nevera. Recogí su traje del tinte.

Casi como notas de amor. Salvo que no lo eran.

Se miraron el uno al otro.

Él dio un paso adelante y al mismo tiempo ella lo dio hacia atrás.

Él se aflojó el nudo de la corbata y vio que Jane lo observaba atentamente. Pasó junto a ella y murmuró:

—Huele delicioso.

Y también tenía un aspecto delicioso, añadió en su mente. Y estaba cansado de cenar siempre solo.

Había perdido el juicio, se reprochó Jacinda mientras cortaba su filete.

El repiqueteo de la cubertería sobre la vajilla de porcelana era el único sonido aparte de la música navideña de fondo. La voz de Bing Crosby cantando acerca de una blanca Navidad los envolvía, ya que el ático tenía altavoces distribuidos por toda la casa.

Miró subrepticiamente a Gage. Parecía recién duchado. Mientras ella había terminado de preparar la cena, él había aprovechado para asearse y ponerse unos vaqueros y una camisa de color azul claro.

Comprendía que Marie se hubiera sentido atraída hacia él. Parecía un hombre con el que ella misma saldría, admitió. Si las circunstancias fueran diferentes, claro.

Mientras él se arreglaba, ella había desarrollado un cierto pánico ante la idea de tener que cenar juntos.

Se había planteado disponer la cena en la larga mesa del comedor, con ella en un extremo y él en el otro, pero le había parecido demasiado formal, a pesar de la broma de él de que fuera su catadora oficial.

Esperaba que Gage no hubiera malinterpretado su reacción a esa broma, aunque el corazón casi se le había salido del pecho cuando había mencionado la palabra «veneno».

Desde luego, si él había matado a su hermana, ella no tendría inconveniente en dejarlo inconsciente o, al menos, en entregarlo a la justicia.

Pero cada vez tenía más dudas de que estuviera implicado en el fallecimiento de Marie. Y, además, él tenía razón: debían comentar los detalles de la fiesta.

Como resultado, había decidido poner la mesa en la sala de estar próxima a la cocina, desde la cual veían el árbol de Navidad a medio decorar y el fuego en la chimenea.

Se sentaron a la mesa en ángulo: él en un extremo y ella a su derecha.

Miró a Gage mientras él bebía de su copa de vino. Un California Merlot de 1990, si no recordaba mal. La primera vez que había visto su impresionante colección de vinos, había paseado un dedo sobre aquellas botellas pensando que le encantaría preparar platos para ser regados con aquellos caldos.

Qué ingenua. Nunca mejor se había cumplido aquello de tener cuidado con lo que se deseaba, ya que en aquel momento estaban cenando casi en completo silencio.

Salvo por el arrullo de energía sexual en el ambiente.

—Mi secretaria envió las invitaciones a la fiesta hace unas semanas —comentó Gage, aparentemente sin reparar en su nerviosismo—. Han confirmado treinta personas y tal vez asistan cinco más.

Ella asintió.

—He avisado a un servicio de catering nuevo —informó.

Él enarcó las cejas.

—Le gustarán —se apresuró a asegurar ella—. Los han recomendado en la revista *New York*. Sus chuletas de cordero son deliciosas.

—¿Ha probado sus platos?

Ella se sonrojó.

—Me dieron a probar cuando los visité —confesó.

Lo cierto era que a veces no sabía qué hacer durante su tiempo libre. Aparte de preocuparse enormemente por la locura en la que se había embarcado. Y de lamentar la muerte de su hermana.

Gage sonrió.

—Confío en usted como catadora.

Jacinda deseó ser capaz de decir algo.

Él terminó su filete y dijo:

—¿Por qué no se viste para la ocasión?

Ella lo miró boquiabierta.

—¿Disculpe?

La había pillado tan de improviso que casi se le escapó su acento británico. Ojalá no lo hubiera advertido.

Gage la observó unos instantes.

—Para la fiesta.

Eso era mejor que lo que ella había imaginado en un principio: que estaba criticando su atuendo de esa noche. ¿Cómo se suponía que vestía un ama de llaves? Aun así...

—¿Es una crítica?

Él la miró de reojo.

—No, una sugerencia. Será una ocasión festiva. He pensado que le gustaría encajar en ella.

—Estaré calentando queso brie.

En lugar de responderle, él señaló el árbol con la cabeza.

–Ha estado ocupada.

–Pero todavía queda mucho por hacer –admitió.

–La ayudaré.

Ayuda. Lo último que necesitaba era que un atractivo y enigmático multimillonario colgara adornos por ella... aunque fuera el propietario de la casa.

Por los altavoces ocultos les llegó la voz de Josh Groban cantando la maravilla de regresar a casa por Navidad.

Con una punzada de dolor, pensó que lo habitual sería que, en aquella época, ella estuviera en casa de sus padres, decorándola con Andrew y Marie, en lugar de estar allí con Gage.

Se levantó del asiento, dispuesta a recoger la mesa una vez terminada la cena.

–Es mi trabajo –insistió.

Acababan de terminar de comer, pero estaba tan nerviosa que no podía parar quieta.

Alargó la mano para retirar el plato de él, pero Gage lo retiró de su alcance, haciéndola detenerse.

Sus manos se rozaron y los dos se quedaron inmóviles.

Él la miró a los ojos. Su rostro era imperturbable, pero sus ojos ardían de deseo.

Jacinda se obligó a recordar que era un hombre poderoso, con un buen cuerpo y unas finanzas muy por encima de las suyas. Alguien que podría usar su riqueza y sus influencias para acabar

41

con ella si alguna vez descubría lo que pretendía.

La recorrió un escalofrío.

–La ayudaré –afirmó él de nuevo–. Quiero hacerlo.

Ella inspiró hondo.

–De acuerdo.

Un rato más tarde, después de haber recogido la mesa entre los dos y ella recrearse en la impagable imagen de un multimillonario llenando su lavavajillas, Jacinda se hallaba frente al árbol de Navidad estudiando dónde colocar el siguiente adorno.

Vio a Gage colgar una bola rosa y se le escapó un suspiro. Él se detuvo y la miró.

–¿Hay algún problema?

–Ninguno –respondió ella, pero vio que no lo había convencido–. Yo estaba pensando en ese otro hueco.

Él hizo un gesto de invitación.

–Adelante.

–Cede antes que cualquiera de mis hermanos.

Las palabras salieron de su boca antes de que se diera cuenta.

–¿Tiene hermanos?

–Un hermano y una hermana.

–¿Y os peleabais por decorar el árbol?

–A veces –admitió ella–. Pero usted no parece que tuviera que pelearse por marcar su territorio.

–Así es. Por lo menos, en lo relativo a hermanos.

Si todo lo que ella había leído era cierto, Gage no cedía ni un ápice de terreno cuando se trataba de negocios.

–¿No tiene hermanos o hermanas? –preguntó ella, aunque conocía la respuesta.

–No.

Ella señaló el árbol con la cabeza.

–Ni tampoco mucha práctica decorando.

–De nuevo, está en lo cierto –dijo él y la miró maliciosamente–. ¿Intenta decirme que no estoy haciendo un buen trabajo?

–Está colgando los adornos con mucho cuidado, como si no supiera muy bien cómo se hace –respondió ella desviando el tema.

Gage sonrió levemente.

–Y yo que creía que estaba haciéndolo bien, dada la cantidad de adornos rosas que hay.

Ella notó que se ruborizaba. De acuerdo, tal vez se hubiera extralimitado añadiendo adornos a la decoración carísima y de buen gusto de Gage. Por otro lado, así había vuelto a ver que él podía ser encantadoramente divertido cuando bajaba la guardia.

–No pude evitarlo –se disculpó ella–. Traje unos pocos adornos rosas.

–¿Unos pocos?

–Una mínima cantidad de los que posee usted, estoy segura –se le escapó sin que pudiera evitarlo.

Él esbozó una medio sonrisa.

—¿Tanto le gusta el rosa?

Ella elevó la barbilla.

—El rosa es el nuevo azul marino.

Él enarcó una ceja.

—¿Bromea? Debe de hacer mucho tiempo que no leo *Cosmopolitan.*

—Las mujeres nos sentimos suficientemente cómodas en estos tiempos como para vestir de rosa —agregó ella—. Ya no nos sentimos obligadas a vestirnos como hombres. El rosa es poder. Entre otras cosas, es prevención del cáncer de mama.

Por un momento, ella se sintió como si estuviera de nuevo en el trabajo, haciendo una presentación sobre tendencias de mercado y campañas de publicidad exitosas.

Vestía de rosa en su otra vida como ejecutiva. Pero él en teoría no sabía nada de eso.

—Pensé que rosa y oro sería una decoración diferente, aire fresco.

Un cambio respecto al resto del apartamento, que parecía la guarida del rey de la selva: todo en negro, cristal y líneas masculinas.

Él la miró divertido.

—De acuerdo.

Jacinda dejó de pontificar. Al fin y al cabo, él era su jefe.

—Si no le gusta, se puede cambiar…

Gage miró el árbol y después a ella.

—No hace falta —afirmó él—. Probemos algo diferente.

–¿Qué tal si me cuenta por qué tiene tan poca experiencia en decorar árboles? –preguntó ella, sorprendiéndose a sí misma.

–El personal de servicio se encargaba de eso en casa de mis padres –confesó él–. Todo estaba ya hecho cuando yo llegaba del internado.

Su niñez no parecía demasiado divertida ni entrañable, pensó Jacinda.

–¿A qué internado fue? –preguntó, aunque sabía la respuesta por haberlo investigado.

–Choate.

–Lo conozco –se le escapó y se detuvo.

«Un cliente de la agencia de publicidad también estudió allí», estuvo a punto de decir, pero se contuvo. Se suponía que ella no estaba muy familiarizada con los colegios de Nueva Inglaterra.

–¿Lo conoce? –preguntó él.

–Está en Massachusetts, ¿verdad?

Él asintió.

–Ahora pertenezco a la junta directiva –dijo.

Cómo no.

–Deben de tenerle en gran consideración.

Había descubierto que pertenecía a varias juntas directivas como socio capitalista. Siempre estaba volando de un sitio para otro.

–Mis compañeros del colegio a veces eran más familia que mi propia familia –señaló él.

Definitivamente, una infancia nada entrañable.

–Lo siento.

–No lo sienta, es sólo un hecho. Mis padres no fueron malos progenitores. Tan sólo eran mayores e insistían en la formalidad de su generación.

Ella miró de nuevo al árbol. Tal vez debería haber cenado con él hacía semanas en lugar de esconderse en las habitaciones del servicio. Sentía como si por fin empezara a ver grietas en la fachada de Gage Lattimer.

Carraspeó y colgó el adorno en el hueco que él le había cedido.

–¿Y sus padres todavía viven?

–Sí. Se retiraron a un chalet en Suiza hace cinco años –contestó él y, tras unos instantes, colgó su adorno en un lugar nuevo.

Jacinda quiso preguntarle en qué parte de Suiza, porque ella había estado esquiando en los Alpes con sus amigos un par de veces, pero se calló.

Tal vez fuera la música navideña o tal vez el hecho de hallarse lejos de casa en esas fiestas, pero tuvo que luchar contra la urgencia de tocarlo. Tomó aire profundamente y decidió agarrar al toro por los cuernos. Tenía que preguntarle por la muerte de Marie. Se había quedado sin opciones y sus husmeos no la habían conducido a ninguna parte. Estaba desesperada.

–¿Le gusta trabajar aquí? –preguntó él bruscamente, sorprendiéndola.

Jacinda frunció los labios y lo miró fijamente. Él parecía tan sorprendido como ella por la pregunta. Y casi tan incómodo.

Ella sacó otro adorno de una de las cajas.

–¿Quién no disfrutaría de vivir en un enorme ático en el corazón de Manhattan? –comentó con ligereza antes de fruncir el ceño y bajar la voz–. Claro, que han ocurrido algunos extraños sucesos.

Él se detuvo.

–¿Cómo cuáles?

Ella se obligó a mirarlo de frente.

–He oído que hubo un aparente suicidio hace unos meses. ¿Una mujer saltó desde la azotea?

Él frunció el ceño.

–¿Dónde ha oído eso?

–Supongo que era uno de los vecinos quien lo dijo en el ascensor.

La expresión de él se suavizó.

–Sí, fue una tragedia.

–¿La conocía?

«¿Te acostabas con ella?», quiso añadir.

De repente era crucial para ella que Gage no fuera el asesino.

–Era mi agente inmobiliario.

Jacinda se obligó a mantener la calma. Miró alrededor.

–Creí que había vivido en esta casa unos cuantos años.

–Así es. No la contraté para que me encontrara un piso, sino para mis nuevas oficinas de Blue Magus.

–¿Y ésa era su única conexión con Marie Endicott? ¿No se llamaba así?

–Tiene muchas preguntas –comentó él medio en broma.

–Soy curiosa –se justificó Jacinda encogiéndose de hombros.

Gage colgó otro adorno en el árbol y se giró hacia ella.

–Sí, era mi agente inmobiliario. Nada más. Pero tras su muerte, pospuse temporalmente el tema de encontrar nuevas oficinas para mi empresa por varias razones.

Ella sintió un gran alivio.

–¿Por qué tienes tanta curiosidad, Jane? –inquirió él en voz baja, tuteándola–. ¿Quieres saber si estoy con alguien?

Ella odiaba admitir que así era.

–¿Lo estás?

–No.

«Me tienes hipnotizado…».

–¿Y tú? –preguntó él.

«… tan hambriento de ti que busco alivio desesperadamente».

–No.

Se acercó y ella se olvidó de respirar cuando Gage jugueteó con un mechón de su cabello.

El aire vibró conforme ella entreabrió los labios y clavó la mirada en su boca.

Gage tenía unos labios esculturales. Y parecían suaves, como si pudieran dar y recibir infinito placer.

–Jane…

Ella inspiró hondo… y un instante después

se dio cuenta. Era Jane, no Jacinda. Jane. ¿Qué demonios estaba haciendo? Vivía una mentira.

Dio un paso atrás.

—Tengo que hacer una llamada.

Era una excusa barata que él evidentemente no se creyó.

Ella se giró, depositó el adorno que sostenía de nuevo en la caja y se marchó rápidamente, llevada por emociones encontradas que amenazaban con engullirla.

Había llegado a Nueva York deseando odiar a Gage Lattimer. Pero desde el principio había dudado de su culpabilidad. Y todo aquel asunto se empañaba con su atracción física.

Si Gage no era el responsable de la muerte de su hermana, tal vez pudiera ayudarla, siempre que ella consiguiera mantener su atracción controlada.

Porque no podía arriesgarse a revelarle que lo había engañado, ¿verdad?

Capítulo Dos

–¡Andrew! ¿Qué tal estás?

Jacinda hizo malabares con sus paquetes mientras recorría la calle Setenta y tres este.

Cuando su teléfono móvil había sonado y había reconocido el número de su hermano en la pantalla, se había sentido obligada a responder. No quería que su familia se preocupara por ella más de lo que ya lo estaba. Ellos ya tenían suficiente con lo suyo. Jacinda sabía que su madre todavía acudía a una psicóloga para superar la pérdida.

–Yo podría preguntarte lo mismo –contestó Andrew–. ¿Cómo estás?

–Bien.

De cara a su familia, había mantenido su historia de que estaba en Nueva York tomándose un respiro, solucionando los asuntos de Marie y aceptando su ausencia a su manera.

Un taxi le pitó y ella se apresuró a llegar a la acera. Elevó la vista al cielo: era un día nublado y frío. Le recordaba a Londres.

–¿Has sabido algo más de la policía? –preguntó, en parte para desviar el tema de qué estaba haciendo ella en Nueva York.

Confiaba en su hermano para que la mantuviera al día de las investigaciones de la policía. Ella no quería llamar para no levantar sospechas de qué estaba haciendo a ese lado del Atlántico. Y, desde luego, no quería que la policía la telefoneara al móvil cuando Gage estuviera cerca.

–Es la razón por la que te llamo –respondió Andrew–. Esta mañana he hablado con el detective del caso. El detective McGray.

Jacinda recordaba que Arnold McGray había contactado con su familia por primera vez al poco de la muerte de Marie, cuando la policía la había considerado un suicidio. Dado que ella ya estaba esbozando su plan de infiltrarse, se había esforzado por evitar al detective.

–¿Y? No me tengas en suspense –le urgió Jacinda.

–Parece que ha habido varios intentos de chantaje a vecinos del 721 de Park Avenue.

–¿Cómo?

–Ya me has oído. A algunos vecinos les han exigido un millón o más de dólares. Y la policía cree que el chantajista podría ser también el responsable de la muerte de Marie.

–¿Cuánto tiempo hace que tienen esta teoría? –preguntó ella irritada–. Seguro que no acaban de descubrir que bastantes personas habían sido chantajeadas.

–Relacionaron ambos asuntos hace un tiempo, pero sólo me lo han mencionado ahora.

Para ella, era una seña más de la manera lenta y desganada de conducir la investigación sobre el fallecimiento de Marie.

Se obligó a seguir caminando a pesar de sentir débiles las piernas.

–¿Tienen alguna idea de quién podría estar detrás de todo?

–No, excepto que, dado que todos los crímenes se dirigen a residentes del edificio, creen que es alguien familiarizado con él. Además, nadie firmó en el libro de registro del portero la noche de la muerte de Marie.

Jacinda cerró los ojos con fuerza. Aquel asunto estaba haciéndose más grande de lo que podía manejar. Su asesino tal vez fuera también un chantajista.

Y entonces se le encogió el estómago.

Gage.

Aquello podía ser una información crucial que lo eliminaba como sospechoso, lo que significaba que ella llevaba tres meses buscando en el lugar equivocado.

Un multimillonario no necesitaba chantajear a nadie por un millón de dólares.

¿Qué iba a hacer ella entonces?

Ojalá pudiera reclutarlo para que la ayudara, pensó con la mente disparada.

Si Gage era inocente, podría ser un valioso aliado en su misión de encontrar al asesino. Gage tenía el dinero y los recursos. El poder y la influencia.

El poder.

De hecho, había sido el aura de poder de Gage lo que más insegura la había hecho sentirse los últimos meses, cuando se había sorprendido dudando cada vez más de que Gage tuviera algo que ver con la muerte de Marie.

Jacinda recordó su encuentro de unas noches atrás frente al árbol de Navidad, antes de que, afortunadamente, él se marchara unos días en viaje de negocios.

Él había posado su mirada en ella y ella había salido corriendo de la habitación, presa de un ardor que nada tenía que ver con el fuego de la chimenea.

Pero su atracción sexual sólo añadía complicaciones a una situación ya de por sí complicada.

Ella lo había engañado. Se había acercado a él bajo una mentira, fingiendo ser una empleada de hogar con acento estadounidense y un pasado falso.

Algo le decía que a un hombre prominente y espabilado como Gage no le haría gracia descubrir que había sido engañado.

Hizo una mueca.

—¿Jacinda? ¿Estás ahí?

Se hallaba muy cerca del 721 de Park Avenue.

—Sí. Pero debo colgar. He llegado a mi destino.

—De acuerdo, pero sigue en contacto —se despidió su hermano—. Y cuídate.

Si su hermano supiera…

–Lo haré.

Tras colgar, Jacinda se detuvo en el Park Café, en la esquina del edificio de Gage. Paseó la mirada por todo el establecimiento pero, al no advertir nada significativo, suspiró y se acercó al mostrador a hacer su pedido.

Al llegar a Nueva York por primera vez, acostumbraba a tomarse algo en aquel café para observar a los vecinos. Pero ninguno de ellos había levantado sus sospechas.

También había conversado con la dependienta principal, que le había contado que Marie solía comprar un café *latte* a menudo pero no recordaba haberla visto nunca con un hombre.

A pesar de eso, Jacinda seguía pasándose de vez en cuando por la cafetería antes de entrar a trabajar con la esperanza de encontrar algo interesante.

Aquel día en particular había esperado hallar algo que la sacara del lío en el que se encontraba. Si consiguiera una pista que condujera al asesino de Marie, podría acudir a la policía e inmediatamente abandonar la ciudad antes de que Gage descubriera su engaño.

Pero no era su día de suerte.

Saludó a la dependienta y le pidió un chocolate caliente. Necesitaba algo que la reconfortara tras las noticias que Andrew acababa de darle.

Con su chocolate caliente en la mano, saludó al portero, Henry Brown, y entró en el edificio. Se dio de bruces con unos perros ladradores y estuvo a punto de derramar su bebida.

Tras unos instantes para recuperarse del susto, saludó.

–Hola, señora Vannick-Smythe.

No sentía gran simpatía por la gran dama del edificio y menos aún por sus perros shih tzu, que parecían ladrar a todo el mundo.

La señora Vannick-Smythe sonrió levemente antes de ordenar:

–Louis, Neiman: al suelo.

La pareja de perros blancos dejó de ladrar y se sentó.

Jacinda sonrió agradecida a la mujer, pero ella tan sólo la taladró con la mirada. Como siempre, vestía un traje de chaqueta a medida, seguramente de Chanel o de St. John, y su pelo plateado estaba cortado en una melena que acentuaba sus ojos azul pálido.

Jacinda se balanceó inquieta. Temía que aquella mujer y sus mascotas la desenmascararan.

–Será mejor que me vaya a trabajar –murmuró y se dirigió hacia el ascensor.

Afortunadamente, las puertas se abrieron al instante y ella entró.

Justo antes de que se cerraran las puertas, entró un hombre. Jacinda gimió en su interior al ver que se trataba de Sebastian Stone, también conocido como el príncipe Sebastian de

Caspia. Compañero de internado de su hermano, para más señas.

Seguía siendo alto, guapo y con cierto aire oscuro.

Ella sabía que Sebastian Stone vivía en el edificio, Andrew lo había mencionado cuando Marie todavía vivía. Jacinda se había informado de qué apartamento ocupaba y qué aspecto tenía en la actualidad para evitarlo y así evitar también sus preguntas de qué estaba haciendo ella allí.

Hasta aquel día había logrado no cruzarse con él. Sabía que había estado fuera del país durante períodos prolongados porque se había hecho amiga de Carrie Gray, la chica que le cuidaba el piso cuando él estaba de viaje y que se había casado con otro de los vecinos, el antes playboy Trent Tanford del 12C.

Pero parecía como si su suerte en lo relativo al príncipe Sebastian hubiera llegado a su fin. Ella sólo esperaba que Andrew no le hubiera enseñado fotos recientes de ella.

Al ver que el príncipe Sebastian la miraba con cierta extrañeza, se tensó.

—Disculpe si resulto maleducado —comentó él con cierto acento—. ¿La conozco?

El hombre alargó la mano.

—Soy Sebastian Stone.

Jacinda tragó saliva, paralizada. Sebastian se quedó atónito pero continuó con la mano extendida.

–No soy vecina del edificio –explicó ella con su mejor acento estadounidense, evitando la mirada de él–. Soy el ama de llaves del ático B.

–¿En serio? Habría jurado que… –dijo él, retirando la mano.

–Seguramente me ha visto por el edificio antes –murmuró ella.

Por el rabillo del ojo, vio que Sebastian asentía.

–Será eso –dijo, aunque no muy convencido.

Cuando las puertas del ascensor se abrieron en el piso doce y el príncipe Sebastian salió, ella respiró aliviada.

–Que tenga un buen día –se despidió él.

–Gracias, usted también –logró decir ella antes de apretar el botón de cierre de puertas.

Definitivamente, aquél no era su día. Primero la llamada de Andrew, luego Vivian Vannick-Smythe y después el príncipe Sebastian.

Su situación estaba volviéndose cada vez más precaria a pesar de lo que le había asegurado a Andrew.

¿Qué más podía salir mal?

Entonces recordó que la fiesta de Gage era aquella noche.

–¡Felices fiestas!

Gage sonrió conforme se agachaba para recibir un beso en la mejilla de Elizabeth Wellington.

–Justo a tiempo –los saludó él.

La fiesta había empezado y los músicos tocaban otra canción navideña.

–Te hemos traído un Cabernet –anunció Reed entregándole la botella–. Cortesía de la bodega de los Wellington.

–Gracias –dijo Gage mirándolo divertido–. Lo guardaré en la despensa. Estoy seguro de que Jane será capaz de combinarlo a la perfección con algún plato.

–¿Tu propio vino no sirve para eso? –bromeó Reed–. Mira que intento elevar tus gustos.

Elizabeth sacudió la cabeza con fingida resignación.

–Parad ya, los dos. Estamos en una época de buena voluntad hacia todas las personas. Hagamos que sea un tiempo feliz –recordó ella y se giró hacia Gage–. Gracias por invitarnos.

Gage sonrió.

–Me alegra que hayáis podido venir, ya que sé que un bebé da mucho trabajo.

–No seas tonto –dijo Elizabeth–. ¡Pero si vives al otro lado del pasillo!

–La verdad es que me ha costado separarla de Lucas, aunque está bien cuidado por la canguro –indicó Reed con una sonrisa.

Elizabeth miró a su marido con cariño.

Gage sabía que los Wellington estaban en proceso de adoptar a Lucas, el sobrino huérfano de Elizabeth, de once meses. Despedían un nuevo aura de alegría, especialmente ella, no sólo por Lucas sino porque recientemente había anunciado su embarazo.

–Pasad. Algunos de nuestros vecinos ya están aquí.

–¿No habrás invitado a Vivian Vannick-Smythe? –murmuró Elizabeth al pasar por su lado.

Gage sonrió.

–Tuve que hacerlo –respondió también con un murmullo–. Pero no te preocupes, ha dejado los perros en su casa.

–Menos mal.

Gage vio que Jane se acercaba. La recorrió con mirada hambrienta, pero suficientemente rápido para que nadie lo advirtiera.

Ella llevaba un vestido negro de cóctel sin mangas que moldeaba sus gloriosas curvas. Se había recogido el pelo en un moño suelto y sus tacones negros revelaban unas piernas que harían gemir a cualquier hombre.

Él sintió que su cuerpo se tensaba. Le gustaba que ella hubiera aceptado su sugerencia de arreglarse para la fiesta. Se hizo ilusiones de que se había vestido así pensando en él.

Desde su casi beso hacía días, antes de su reciente viaje a Chicago, él no había sido capaz de sacársela de la cabeza. De hecho, había sido una tortura.

¿Cómo seducir a su propia empleada? Era una pregunta ridícula en el fondo. Le hacía sentirse como un noble del siglo XVIII intentando aprovecharse de su criada.

Por otro lado, ambos eran adultos. ¿Por qué iba a importarle que ella fuera su asistenta?

Tras el momento delante del árbol de Navidad, sabía que la atracción era mutua. Sabía que no se había inventado el brillo de cautela de la mirada de ella.

Debería seducirla y olvidarse de aquella historia. Sacársela de la cabeza y continuar con su vida. Contrataría otra asistenta. En cuanto a ella… podría conquistar las listas de éxitos y las pasarelas de Nueva York si lo deseaba. Él la ayudaría.

Desde su divorcio, las mujeres habían entrado y salido de su vida, pero a todas les había dejado muy claro desde el principio que lo que podía ofrecer era un romance sin compromiso. No iba a perder la cabeza de nuevo.

Llevaba seis meses sin salir con nadie. Desde que había conocido a Jane, de hecho.

Y, tras verla tan elegantemente vestida aquella noche, la idea de seducirla lo atraía aún más.

Jane llegó junto a ellos y miró a Reed y Elizabeth con una sonrisa.

—¿Deseáis beber algo?

Señaló con la cabeza a los dos camareros de barra que habían sido contratados para la velada

—Será un placer traeros algo.

Elizabeth sonrió cálidamente.

—Hola de nuevo, Jane. ¿Has podido visitar el nuevo mercado de Second Avenue que te recomendé?

–De hecho, me alegro de que lo hicieras. Gracias a haberme pasado por allí, he cocinado mi primer suflé desde hacía años.

Elizabeth entrelazó su brazo con el de Jane.

–Tienes que contármelo –dijo y miró a Gage–. No te importa si te robo a tu empleada, ¿verdad?

–En absoluto –respondió él y las observó marcharse.

Reed dijo algo, haciéndole regresar al presente.

–¿Cómo? –preguntó Gage.

Reed soltó una carcajada.

–Ni siquiera me has oído. He dicho que está fabulosa, ¿verdad? Esas piernas…

Gage frunció el ceño.

–¿No se supone que estáis felizmente casados?

Reed rió de nuevo.

–¿No se te ha ocurrido pensar que podía estar refiriéndome a mi esposa?

«Maldición».

–Olvídalo, Wellington.

Lo último que necesitaba era dar la impresión de que quería acostarse con su ama de llaves.

Aunque fuera la verdad.

Reed se puso algo más serio y cambió de tema.

–Al menos, ya no tenemos que preocuparnos por la investigación del Organismo Regulador del Mercado de Valores.

–Cierto –dijo Gage.

La investigación de octubre había destapado un correo electrónico que implicaba a uno de los ayudantes del senador Kendrick y a dos de los socios del mismo respecto al abuso de información privilegiada. No había habido pruebas que implicaran a Gage ni a Reed, así que el Organismo los había apartado de sus investigaciones.

Bien para Reed y él, pensó Gage; mal para el senador Kendrick, que había declinado su invitación a la fiesta, seguramente por hallarse en el ojo del huracán del escándalo.

Gage vio que Reed sonreía de nuevo y lo miró inquisitivamente.

–Una cosa más –añadió Reed–: No te preocupes porque Elizabeth te robe a Jane.

–¿Y por qué iba a preocuparme eso?

Reed se encogió de hombros con aire despreocupado, pero Gage no se dejó engañar.

–Por la forma en que mirabas a Jane, podría pensarse que hay algo más entre vosotros que limpiar el polvo y sacar la basura.

–¿Un romance con mi empleada? –dijo Gage exagerando deliberadamente su tono de incredulidad–. No lo creo.

Pero sus fantasías decían lo contrario.

–Por la forma en que va vestida, parece más una anfitriona que una empleada –señaló Reed.

–Le propuse que se arreglara para la cena –se apresuró a aclarar Gage–. Se merece la mayoría del crédito por el éxito de esta noche. ¿Por qué no iba a disfrutarlo?

Reed enarcó una ceja antes de alejarse.

–Creo que voy a comprobar qué pobres excusas de vino estás sirviendo esta noche.

–Hazlo.

Cuando Reed se marchó, Gage contempló la botella de vino que sujetaba y sonrió: un Cabernet de 1996. Reed sabía hacer bien las cosas.

La llevó a la cocina y enseguida llegaron más residentes pasados y presentes del 721 de Park Avenue.

Trent Tanford y su mujer, Carrie, se presentaron seguidos de Amanda Crawford y su novio, Alexander Harper.

Al poco, los recién llegados charlaban animadamente con Vivian Vannick-Smythe y otros delante del árbol de Navidad, mientras los camareros del catering paseaban entre ellos con deliciosos canapés.

Conforme la velada avanzaba, Gage advirtió que Jane aparentemente había hecho amigos cuando él no miraba.

Sus vecinos habían acudido a sus fiestas antes, pensó él. Pero aquel año, dado que Jane parecía llevarse bien con casi todo el mundo, le parecía más una reunión de amigos.

Observó a Jane, que animaba a Steve Floyd, uno de los clientes de él, a que probara el jamón ahumado y otras delicias dispuestas en una mesa cercana.

Steve parecía encantado y empezó a flirtear con ella.

Gage entrecerró los ojos al sentir que se le encogía el corazón. Si no hubiera sabido que al final de la noche ella dormiría en su ático, se habría sentido tentado de acercarse y romper la conexión entre ambos.

Se sentía tentado a hacerlo de todas formas. Pero no quería darle más argumentos a Reed acerca de que estaba colado por su asistenta.

Ciertamente, Jane se había infiltrado en su vida, admitió. Incluso estaba ganándose a sus clientes.

La pregunta era: ¿cuánto tiempo conseguiría mantenerse alejada de su cama?

Capítulo Tres

Conforme la fiesta de Gage avanzaba, Jacinda se encontró junto a él entre un grupo de pasados y presentes vecinos del 721 de Park Avenue.

La fiesta estaba saliendo muy bien y Gage parecía estar divirtiéndose. Excepto por el momento en que lo había pillado mirándola con el ceño fruncido mientras ella hablaba con Steve Floyd.

El círculo en el que se encontraba ahora lo formaban Elizabeth y Reed Wellington, Carrie y Trent Tanford, y Amanda Crawford y Alexander Harper, además de Gage.

Jacinda había hecho amistad con tantos vecinos del edificio como había podido, a excepción de Sebastian Stone, con la esperanza de recabar alguna pista sobre su hermana. Pero no había tenido suerte.

Todo el mundo coincidía en que la muerte de Marie había sido una tragedia. No le sorprendía que los vecinos que la habían tratado más la recordaran como una mujer llena de energía. Pero cuando ella había sugerido que tal vez hubiera un novio lamentando su muerte, nadie recordaba haber visto a Marie con el mismo hombre regularmente.

Jacinda ni siquiera había conseguido información interesante del portero, al menos del que más horas trabajaba, Henry Brown, a quien no le gustaba hablar del fallecimiento de Marie, como si cotillear fuera contra su código de discreción.

–¿Esperas esta noche a alguien más que conozcamos? –preguntó Trent Tanford, devolviendo a Jacinda a la realidad.

Gage negó con la cabeza.

–Max y Julia Rolland han tenido que declinar mi invitación porque Julia está a punto de dar a luz. Apenas salen de casa.

–Julia está deseando que nazca el bebé –informó Amanda–. He hablado con ella esta mañana y dice que lo único que puede hacer es tambalearse como un pingüino.

Jacinda sabía que Julia y Amanda habían sido compañeras de piso en el apartamento 9B hasta que Julia se había casado en julio, poco después de que ella llegara a Nueva York.

En el último mes, Jacinda había advertido que Amanda llevaba un anillo de pedida y, al preguntarle al respecto, Amanda le había confirmado que estaba comprometida.

–Había invitado al senador Kendrick –añadió Gage–. Pero tampoco va a venir.

A Jacinda le sonaba el nombre. Recordaba que Marie había trabajado como voluntaria en la campaña de reelección del senador. Había visto folletos de publicidad en su apartamento y su oficina.

—No sabía que eras amigo del senador –le dijo a Gage.

Él la miró y le habló casi al oído.

—No socializo con él, pero lo incluí en la lista de hoy para mantener la relación, es un contacto valioso.

Jacinda asintió al tiempo que un escalofrío le recorría la espalda ante la cercanía de Gage.

—¿Qué me dices del príncipe Sebastian y Tessa Banks? –inquirió Carrie.

—También han enviado sus disculpas –respondió Gage–. Esta noche salían de viaje a Caspia para continuar con la preparación de su boda. A causa de los asuntos de estado del país, han tenido que posponer el enlace hasta la primavera.

Jacinda sabía por los periódicos que el compromiso entre el heredero al trono de Caspia y su secretaria estadounidense había dado mucho que hablar.

—Hablando de bodas –intervino Trent sonriendo a su esposa–, espero que todos hayáis recibido la invitación de boda de Carrie y mía para el día de Nochevieja. Vamos a volver a casarnos, esta vez por la iglesia.

—¿Dos veces en un año? –bromeó Alex Harper–. Tienes unos nervios de acero, Trent.

—Esta vez vamos a hacerlo bien –comentó Carrie–. Será una grandiosa celebración en lugar de un apaño rápido.

–Enhorabuena –murmuró Jacinda.

El *New York Post* había publicado unas fotos en agosto de Trent Tanford y su hermana Marie en actitud bastante cariñosa. Los medios de comunicación e incluso la policía habían especulado acerca de su relación. Pero Marie le había confesado a Jacinda que había salido con el playboy un par de veces al instalarse en el edificio, pero nada más. Y al registrar sus cosas tras su muerte, Jacinda no había encontrado ninguna señal de que hubiera continuado la relación con Trent. Ella había sido una más de las mujeres con las que él se había divertido.

Sin embargo, Jacinda creía lo que le había dicho la socia de Marie: que ella salía con un millonario solitario de quien no le había querido dar el nombre.

Por eso le había sorprendido cuando Carrie y Trent habían anunciado su matrimonio a finales de agosto. Pero Jacinda no tenía tanta confianza con Carrie como para preguntarle acerca de ello.

–¿Crees que podrás asistir a nuestra fiesta de Nochevieja, Gage? –preguntó Carrie.

–Planeo hacerlo –respondió él con una sonrisa.

–¿Quién sabe? Tal vez Gage nos sorprenda trayendo una cita –intervino Reed con una mirada maliciosa.

Gage enarcó una ceja y Jacinda vio que Amanda le sonreía. Jacinda clavó la vista en su copa.

¿Sospecharían los vecinos de Gage que había algo entre ella y su millonario jefe? De ser así, ¡se sorprenderían al descubrir su verdadera identidad!

—Es tan agradable tener buenas noticias en este edificio después de la trágica muerte de Marie Endicott este verano... pobre chica —apuntó Elizabeth.

Jacinda se tensó repentinamente.

—La policía cree que fue un crimen —comentó Reed—. Pero siguen buscando la cinta de vídeo de la azotea de aquella noche.

—¡Por supuesto que es un crimen! —exclamó Amanda—. Saben que alguien ha intentado chantajearnos. Aquí hay gato encerrado.

Jacinda dedujo que aquellos vecinos no tenían problema en hablar del chantaje porque todos habían sido víctimas.

—La investigación policial está siendo terriblemente lenta —señaló Carrie.

Jacinda coincidía con esa afirmación.

—El detective McGray está sobrecargado de trabajo y mal pagado —señaló Elizabeth—. Es él quien se ocupa de ambos casos, el de chantaje y el de la muerte de Marie.

—Pronto llegarán al fondo del asunto —aseguró Gage.

Jacinda advirtió que Vivian Vannick-Smythe se marchaba disimuladamente de la fiesta. Apenas había tenido oportunidad de hablar con ella en toda la velada. Por otro lado, ¿de qué iban a hablar? Ella siempre tenía la incómoda sensación de que Vivian veía a través de su fachada.

–Desgraciadamente, tengo que marcharme –anunció Amanda comprobando la hora–. Mañana tengo un cliente nuevo que quiere organizar una gran fiesta en el club 21 la semana que viene.

Le guiñó un ojo a Jacinda.

–Una fiesta estupenda. Si alguna vez buscas cambiar tu línea de trabajo, avísame.

–Lo haré –Jacinda se oyó responder.

Se sentía una impostora.

Poco después, el resto de los invitados también se retiraron y Jacinda regresó a la cocina para supervisar la recogida del catering.

En algún momento vio a Gage charlando en la puerta con los últimos invitados, Carrie y Trent Tanford. Y algo más tarde, lo vio ayudando a los músicos a colocar de nuevo los muebles en su lugar tras haber recogido el equipo.

No era la primera vez que Gage realizaba labores comunes, sorprendentes de ver en un multimillonario como él.

Jacinda sonrió de nuevo.

Sin embargo, media hora más tarde no se sentía tan relajada. Todos los empleados se habían marchado ya y se encontraba a solas con Gage.

Música navideña sonaba por toda la casa. Gage

acababa de descorchar una botella de vino en la cocina. Miró a Jacinda y, de pronto, ella se quedó sin respiración.

—Será mejor que me vaya a la cama –dijo ella.

«Cama», palabra poco oportuna. Sobre todo, desde que hacía días que no dejaba de pensar en Gage y una cama.

Él sonrió.

—Quédate y tómate una copa conmigo para celebrar que la fiesta ha sido un éxito.

—No necesitas agradecérmelo –aseguró ella humedeciéndose los labios–. Es mi trabajo.

—De acuerdo –afirmó él–. Digamos entonces que vamos a tomarnos la última antes de marcharnos.

—Los dos dormimos aquí –puntualizó ella.

En camas separadas.

—Cierto –dijo él con otra encantadora sonrisa–. Pero es una casa muy grande y hay un largo camino hasta la habitación.

Jacinda sucumbió a aquel Gage seductor.

—De acuerdo –se oyó decir.

Gage agarró la botella con una mano y un par de copas con la otra.

—Ven a sentarte al sofá.

¿El sofá? Aquello suponía un problema, pensó Jacinda.

—He guardado lo mejor para el final –anunció Gage rodeando la encimera.

—¿Cómo? –casi gritó ella.

Él la miró inocentemente.

–Mi mejor vino.

–Ah, de acuerdo.

Qué tonta había sido por creer que él se refería a otra cosa.

Las luces de Manhattan les hacían guiños a través de las puertas francesas del salón de Gage.

En el interior, Johnny Mathis llenaba la atmósfera, pero Jacinda estaba demasiado tensa para fingir que era un invierno de cuento. Era demasiado consciente del cuerpo grande y escultural de Gage sentado junto a ella en el sofá después de haberle entregado una copa de vino.

–Buena fiesta. Enhorabuena –la felicitó.

Ella bebió un sorbo para calmar sus nervios.

–Es fácil preparar una buena fiesta cuando el presupuesto es casi ilimitado.

Él guiñó los ojos, divertido, y se le formó el hoyuelo en la mejilla.

–Yo no diría ilimitado –objetó–. Y la fiesta ha supuesto trabajo. No te hagas de menos. Sólo espero que tú también te hayas divertido un poco.

–Lo he hecho.

Él ladeó la cabeza.

–Sí, te he visto hablando con Steve Floyd.

Ella sonrió. No tenía una cita desde… la muerte de Marie. Había sido agradable olvidar sus problemas durante un rato y dejar que un hombre atractivo flirteara con ella. Además, desde que había empezado su mascarada como empleada de hogar, sentía debilidad por cualquiera que tratara bien al servicio doméstico.

–Steve es maravilloso –comentó–. Conoce las historias más extravagantes que sólo pueden suceder en Nueva York.

–Que no te guste demasiado –le advirtió Gage–. Es de los que van de mujer en mujer.

–¿Y tú no?

Las palabras salieron de su boca antes de que pudiera detenerlas.

Él la miró fijamente.

–Cariño, no he tenido una cita desde que las mantas de picnic alfombraban Central Park el pasado verano. Por si no te has dado cuenta, he viajado mucho en los últimos meses. El trabajo ha sido… trabajo.

La palabra «cariño» hizo que Jacinda se estremeciera como si fuera una atrevida caricia y acto seguido se puso en guardia. ¿Estaba flirteando con ella?

Como en respuesta a su pregunta, Gage ladeó la cabeza.

–¿Sabes? Me intrigas, Jane.

–¿De veras?

Gage asintió.

–Es evidente que tienes muchas habilidades y conocimientos y eres lista. ¿Por qué dedicarte a limpiar casas?

Antes de que ella pudiera contestar, Gage añadió:

–¿Qué edad tienes?

–Veintinueve años.

Y él treinta y cinco, tal y como había descubierto algún tiempo atrás, al recopilar información sobre él.

—Tienes toda la vida por delante.

Cierto, pensó ella, no como Marie, a quien se la habían arrebatado. Al pensar en su hermana se le encogió el corazón y estuvo a punto de echarse a llorar de la emoción.

Eran vacaciones y ella estaba a miles de kilómetros de lo que quedaba de su familia en una misión que hasta el momento no la había llevado a ninguna parte.

Se aclaró la garganta.

—Tal vez sea un espíritu libre —dijo con forzada despreocupación—. Así consigo vivir en lujosas casas que yo nunca podría permitirme por mí misma.

Le pareció que sonaba convincente. Ojalá él pensara lo mismo.

Sin embargo, antes de que Gage pudiera responder, ella cambió hacia temas menos arriesgados.

—¿Y tú? Siempre trabajas mucho. Has admitido que no has tenido una cita desde antes del verano.

Él bebió un sorbo de vino.

—Ése es el resultado de haber experimentado la traición, algo que no se olvida fácilmente.

Jacinda se preguntó si estaría refiriéndose a su ex mujer. Si él ya había probado la traición femenina, ¿qué diría de su mascarada?

—Así que podrías decir que mi situación es

más un camino escogido deliberadamente que un paseo sin objetivo –añadió él.

Gage se inclinó hacia delante y dejó su copa en una mesa de café. Luego se giró y le retiró la suya a Jacinda, a quien de pronto le temblaban las manos.

Cuando se giró hacia ella de nuevo, Jacinda se quedó sin respiración al ver su mirada. Luego, se le aceleró el pulso cuando él se inclinó hacia delante y tomó su rostro entre las manos.

–¿Qué estás haciendo? –preguntó ella.

–Tomo otra decisión deliberada –murmuró él sobre su boca–. Parece que mi camino me ha conducido hasta tu puerta. Considera esto un beso de saludo.

Ella cerró los ojos conforme él la saludaba lenta y sensualmente.

El beso puso todo su cuerpo en alerta.

Gage le peinó el cabello con los dedos, la sujetó por la nuca y la atrajo hacia sí.

La boca de ella se abrió para él, permitiéndole profundizar el beso y alimentar la atracción entre los dos. Él sabía a vino y olía a algo cálido y masculino.

Hacía mucho que no se sentía tan bien, pensó Jacinda. Se apoyó en Gage y suspiró, sintiendo que se le endurecían los pezones.

Gage fue ralentizando el beso y las caricias y, cuando se separaron, Jacinda fue muy consciente del ritmo acelerado de su corazón.

–Disfrutemos de un poco de felicidad –mur-

muró Gage sobre sus labios con los ojos entre-
cerrados.

«¿Y por qué no?», pensó ella. Estaba costán-
dole un gran esfuerzo recordar por qué debía
resistirse a su atracción hacia él. Estaba casi segura de que Gage no era el asesino ni el chantajista.

Lo cierto era que ambos eran dos almas soli-
tarias en Navidad.

Y ella llevaba varios meses luchando contra
esa atracción. ¿Por qué negarse cierta comodi-
dad en aquel momento?

Asintió levemente y eso fue la luz verde que
él necesitó.

Se besaron de nuevo, esa vez con renovaba
urgencia. Ella lo abrazó por el cuello y él la sentó sobre su regazo.

Gage introdujo la lengua en su boca, animán-
dola a que se encontrara con ella en una danza
erótica precursora de otra mayor.

Jacinda quería estar todavía más pegada a él.
Sintió su erección contra ella y se acercó aún
más.

Estar en sus brazos era un sorprendente oasis
de luz y tranquilidad en un mundo patas arriba
desde hacía seis meses.

Se sentía en una nube, llevada en alas del
placer, conforme se liberaba de todos los problemas que la habían apagado y mermado durante el último medio año.

Él ralentizó el ritmo para jugar con su boca.

–Gage –susurró ella.

Los ojos de él eran puro deseo.

–Cariño, déjame que te dé placer. Llevo mucho tiempo deseando hacerlo.

Esas palabras la excitaron.

–Sí, Gage.

Él se puso en pie y la tomó en brazos.

–¿Qué haces? –preguntó ella jadeando.

–Te llevo a la cama –contestó ronco de deseo–. A mi cama.

Sí.

De fondo, Dean Martin cantaba *Baby, It's Cold Outside.*

Cierto, el mundo exterior era frío, pero allí, en el interior, ella se encontraba acogida en brazos de Gage.

Él la subió a la planta superior del ático y, durante todo el camino, ella se recreó en el latido fuerte y constante de su corazón.

Al llegar al dormitorio principal, él empujó la puerta con una pierna y dejó a Jacinda en el suelo, junto a la cama.

Ella había estado en aquella habitación cientos de veces y en aquel momento recordó todos los detalles: iluminación empotrada, suelos de parquet y muebles modernos. Una cama enorme sobre un somier de caoba. Lujosas sábanas francesas de quinientos hilos.

Gage se acercó a ella por detrás y Jacinda sintió que todo su cuerpo se estremecía.

Cuidadosamente, él le apartó el cabello y lo

dejó reposando sobre un hombro mientras con el dorso de la mano le acariciaba el cuello. Luego apoyó las manos en sus hombros desnudos y cubrió de besos desde la base del cuello hasta el hueco detrás de la oreja.

Ella gimió y echó la cabeza hacia atrás, permitiéndole mejor acceso.

Cuando Gage le mordisqueó el lóbulo de la oreja y luego sopló suavemente, ella se encendió aún más. Apoyó la espalda contra él.

–Despacio –susurró Gage.

Ella sintió que encontraba la cremallera que comenzaba a la altura del cuello, le escuchó bajarla y sintió el aire fresco sobre la espalda.

Se estremeció.

–¿Tienes frío? –murmuró él.

Quiso decirle que era él quien la hacía estremecerse. Sin embargo, antes de que pudiera reaccionar, la chimenea de gas tras ellos cobró vida. Gage debía de haber pulsado algún botón en algún sitio.

Él le quitó el vestido, deslizándolo por los hombros, y el tejido cayó a sus pies, alrededor de sus zapatos negros de tacón.

Jacinda se sintió vulnerable… y muy excitada.

Gage le recorrió con las manos las curvas de la cintura, los muslos y el resto de las piernas cubiertas por suaves medias. Finalmente, subió de nuevo hasta posarse en sus senos y ella sintió otra vez su erección apretándose contra ella.

Gage acarició con la punta de los dedos la parte superior de las copas del sujetador negro y luego la interior.

Ella no tenía una figura especialmente voluptuosa, pero él la hacía sentirse salvaje y deseada.

–Cariño, cómo me tientas…

«Tú haces que me estremezca de deseo», pensó ella.

Cuando por fin Gage empezó a acariciarle los senos, ella suspiró y disfrutó de todo lo que le hacía.

Como percibiendo que su rendición estaba cerca, Gage le mordisqueó el lóbulo de una oreja y recorrió el borde de la misma con la punta de la lengua, apretando el cuerpo de Jacinda de espaldas contra el suyo y recorriéndolo con las manos, encendiéndolo a su paso.

Ella gimió, lo sujetó por la cabeza y lo atrajo hacia sí.

Él la besó en el cuello.

–Qué bueno.

Jacinda sentía las piernas tan débiles como si fueran a dejar de sostenerla en cualquier momento.

Las manos de Gage continuaron el camino por sus caderas, llevándose la ropa interior. Y entonces colocó una mano sobre su abdomen mientras introducía la otra en su parte más íntima.

Ella gimió y se removió, permitiéndole mejor acceso, mientras entrecerraba los ojos.

Los dedos de Gage juguetearon en aquella caliente humedad, haciéndola marearse casi de placer.

—Gage, no sé cuánto más podré aguantar.

—Tan sólo acabamos de empezar.

—Eso es lo que me temo.

Lava corría por sus venas.

Él rió en voz baja.

—Quítate esos tacones.

—¿Es una exigencia? —preguntó ella sin aliento.

—Interprétalo como te apetezca, cariño, pero que sepas que la persecución ha terminado.

Hizo lo que le pedía y también se quitó las medias.

Él le soltó el sujetador. Ella bajó los brazos y la prenda se deslizó al suelo.

Gage la hizo girarse y recorrió su cuerpo con mirada hambrienta. Luego la miró a los ojos.

—Eres muy hermosa... y tremendamente sexy.

La hacía sentirse guapa. En lugar de decir nada, Jacinda lo agarró por la camisa, lo atrajo hacia sí y lo besó con toda la pasión que había acumulado.

Al principio, notó su sorpresa, que fue reemplazada por un intenso ardor.

Cuando por fin se separaron, los dos jadeaban.

Gage la tomó en brazos y la tumbó en la cama. Ella saboreó de nuevo la sensación de ser acunada en sus brazos.

Gage se irguió a los pies de la cama y se desvistió rápidamente con los ojos brillantes de pasión.

Jacinda se recreó en su imagen sin camiseta, admirando los músculos definidos de sus brazos y su pecho.

Él se quitó el reloj y lo tiró sobre la cama. Luego el cinturón, los zapatos, calcetines y por fin los pantalones.

Jacinda se quedó sin aliento al verlo sólo con unos calzoncillos negros.

De pronto, él frunció el ceño.

—Maldición, no recuerdo dónde guardo la protección.

—En el segundo cajón de la mesilla derecha —le informó ella.

Jacinda sabía dónde había visto preservativos por última vez. Conocía todo lo que había en aquel apartamento.

Gage la estudió y esbozó una sonrisa con hoyuelo incluido.

—Sabía que acostarme con mi ama de llaves tenía cosas buenas.

Ella enarcó una ceja.

—¿Lo has hecho antes?

Gage sonrió de nuevo.

—Cariño, eres mi primera empleada.

Gage parecía muy joven y despreocupado, tan distinto a lo normal que a ella le dio un vuelco el corazón.

Le observó abrir el cajón y sacar un paquete.

Entonces se acercó a él y, sin esperar invitación, le bajó los calzoncillos y liberó su erección.

Observó cómo se le tensaban los abdominales y luego alargó la mano y comenzó a acariciarlo.

Él siseó pero, cuando Jacinda elevó la vista, vio que sus ojos estaban encendidos de deseo.

—Cariño…

Siguieron así unos momentos y la respiración de él se fue acelerando, alimentando aún más su deseo.

De pronto él la sujetó por la muñeca, haciendo que se detuviera.

Se colocó la protección y tiró el envoltorio al suelo.

Conforme Jacinda se recostaba, él se tumbó en la cama, junto a ella.

Jacinda le recorría con las manos los hombros y la espalda mientras él la acariciaba y besaba.

Cuando ella ya estaba desesperada por que la penetrara, Gage la sorprendió colocándola de perfil y situándose detrás. Le levantó una pierna por encima de él y encontró su húmeda calidez. Al oírla gemir, la besó en el cuello y luego, lentamente, se deslizó dentro de ella.

—Gage…

Su voz se apagó conforme la invadía fuego líquido. Aquella posición era nueva para ella.

Él le acarició los senos, haciéndole experimentar cada sensación como un estallido de color.

Salió y entró en ella y ambos gimieron con cada breve encuentro.

Jacinda nunca se había excitado tan rápido, nunca había experimentado tan rápida e intensamente la ruta hacia el completo abandono.

—Entrégate a mí —murmuró Gage.

Aquella palabras roncas fueron lo que ella necesitaba y floreció para él, moviéndose en un súbito arranque de energía.

Su largo y sentido gemido hizo que Gage se excitara aún más.

Él la agarró por la cadera y le clavó los dedos conforme la penetraba con un ronco gruñido.

Momentos después, ambos se recuperaban tumbados en la cama.

Y entonces, cuando las notas de *Have Yourself a Merry Little Christmas* llegaron a oídos de Jacinda, se le llenaron los ojos de lágrimas.

Capítulo Cuatro

Él se despertó sintiéndose saciado.

Mejor aún, se corrigió Gage a sí mismo al abrir los ojos: se sentía contento.

Y todo se debía a Jane.

Miró al otro lado de la cama. Estaba vacío.

Jane ya se había levantado, lo cual era una hazaña, ya que él era madrugador.

El reloj de la mesilla marcaba las seis y media. Y dado que olía a café recién hecho, Jane debía de estar preparando el desayuno.

Gage se tumbó boca arriba y se estiró.

Una cosa estaba clara a la luz del día: debería haberse rendido a la atracción entre Jane y él mucho antes.

Nunca le había preocupado lo que otras personas pudieran pensar de que él se acostara con su ama de llaves. Era suficientemente rico como para que no le importara y hacía mucho tiempo que no necesitaba la aprobación de nadie.

Y Jane era genuina, una mujer auténtica. No como otras que él conocía. No como su ex mujer, por ejemplo.

¿Cómo se había resistido tanto tiempo a su atracción hacia ella?

Dirigió sus pensamientos en una dirección más agradable: podía llevar a Jane a su casa de las Bermudas durante el fin de semana siguiente. Supondría un cambio de aires de Manhattan, que en Navidad se saturaba de turistas, y una escapada a un clima más cálido.

Se preguntó qué diría ella a ese plan y sonrió. Al menos no tendría que preocuparse por su empleo; estaría más que contento de darle unos días libres para que viajara con él.

Con esa idea, se levantó y se puso unos pantalones de chándal.

Al bajar las escaleras, vio a Jane en la cocina, de espaldas y hablando en voz baja por su teléfono móvil. Todo parecía indicar que no le había oído llegar.

La recorrió con la mirada y se excitó.

Ella debía de haber ido a por ropa a su habitación, porque llevaba una bata de satén hasta la rodilla. La bata, lejos de esconder sus cualidades, realzaba su escultural figura y moldeaba unos glúteos redondeados.

El cabello le caía suelto sobre los hombros y sus delgadas y contorneadas piernas parecían no terminar nunca.

El deseo se apoderó de él. Quería poseerla ahí mismo, en aquel momento.

Entonces alcanzó a oír un par de palabras y frunció el ceño. Se encontraba a un par de metros de ella y se dio cuenta de que no reconocía su voz.

Su acento era… ¡británico!

Se acercó un poco más.

–¿Sabe la policía algo más acerca de la muerte de Marie?

Gage se detuvo en seco.

–Es tan frustrante… Sé que nuestra hermana no se suicidó.

Gage entrecerró los ojos. ¿Qué demonios quería decir Jane con «hermana»? Obviamente, estaba hablando de Marie Endicott, la agente inmobiliaria que él había contratado y cuyo suicidio resultaba sospechoso para la policía.

Pero si Jane era la hermana de Marie, ¿por qué no había dicho nada? Se le ocurrieron múltiples posibilidades y no le gustó ninguna de ellas.

Conforme su suspicacia aumentaba, también lo hacía un poderoso enfado.

Según parecía, había sido engañado. Por una mujer. De nuevo.

Debió de hacer algún ruido, porque de pronto Jane se giró y lo miró con los ojos como platos. Su rostro pasó de sorpresa a alarma. A Gage le habría resultado una reacción de lo más cómica si él no hubiera estado involucrado.

–Andrew, tengo que colgar –habló ella al teléfono, pero su mirada estaba clavada en Gage.

En cuanto colgó, él no esperó.

–¿Quién demonios eres? –le exigió.

Jacinda entreabrió los labios.

–Soy…

Él casi podía ver su mente trabajando, como

si intentara adivinar cuánto habría escuchado de la conversación y así inventarse algo para decirle. Eso sólo lo enfureció más.

—Espera, ya lo sé —dijo él con sarcasmo—. Eres la hermana de Marie Endicott.

Observó que Jane palidecía. Salvo que ya no estaba seguro de que se llamara Jane.

Ella pareció tomar una decisión y elevó la barbilla.

—Me llamo Jacinda Endicott.

—Bonito acento británico —señaló él—. Y ahora, ¿te importaría decirme qué diablos haces jugando a ser empleada de hogar?

Ella se cuadró de hombros.

—Puedo explicártelo, si me dejas.

Bajo otras circunstancias él habría admirado su valor. Pero aquella situación le tocaba demasiado la fibra sensible. Y ella lo excitaba, maldición.

Se cruzó de brazos.

—Será mejor que la explicación sea buena.

Ella inspiró hondo.

—Vine aquí porque sabía desde el principio que mi hermana no se había quitado la vida. Pero estaba desesperada por que la policía había considerado su muerte un suicidio.

Hablaba rápido, como si temiera que en cualquier momento la fuera a echar del piso. Lo cual, admitió Gage, no se alejaba mucho de la realidad.

—¿Qué tiene que ver eso conmigo? —inquirió.

–Decidí hacer las cosas por mi cuenta.

–¿Entrando a trabajar en el edificio para poder husmear? –la presionó.

Jacinda dudó y luego asintió.

–Así es.

Ella resultaba vulnerable y terriblemente sexy. Incluso en aquel momento, Gage no pudo evitar su reacción instintiva a la poderosa sexualidad que emanaba de ella.

–¿Por qué yo de todos los vecinos del edificio? –preguntó.

–Descubrí que Marie y tú os habíais conocido –confesó ella bajando la voz.

Él asintió con brusquedad.

–Cierto. Ella era mi agente inmobiliario. Su energía me dejó impresionado y la contraté a pesar de que era joven y relativamente inexperta.

Vio que Jacinda se mordía el labio inferior.

–Creí que Marie y tú estuvisteis… juntos.

Al comprender a lo que se refería, su ira aumentó.

–¿Estás diciéndome que sospechabas que yo tuve algo que ver con la muerte de tu hermana?

Cuando ella asintió, la miró sin dar crédito.

Había confiado en ella, por todos los demonios.

–¿Te has acostado conmigo y todo el rato creías que yo había tenido algo que ver con la muerte de tu hermana? –insistió, incrédulo.

–En ese punto ya te había descartado –respondió ella repentinamente acalorada.

–¿Ah, sí? ¿Y cómo? ¿Habías encontrado al asesino?

–¡Aparte de que fueras su cliente, no conseguí encontrar ninguna relación más entre Marie y tú!

–Fabuloso, sencillamente fabuloso. He sido de fiar contigo desde el principio y todo el rato tú has estado jugando a los detectives.

Jacinda se abrazó a sí misma.

–Cuanto más tiempo transcurría sin encontrar nada, menos posibilidades había de que tú fueras el… responsable.

Gage esbozó una medio sonrisa. Aparentemente, ella no lograba pronunciar la palabra «asesino».

–Registré el piso de Marie –añadió ella–. Y la policía también, pero sin ningún resultado. También fui a su oficina, donde su socia se ha hecho cargo del negocio. Pero tampoco encontré nada.

Gage había oído cotilleos de que el apartamento de Marie en la sexta planta todavía no había sido vendido. Ya comprendía por qué. Jacinda todavía esperaba encontrar alguna pista.

–Así que eso era lo que hacías cuando olvidabas quitar el polvo a las estanterías o limpiar la pila de la cocina –la acusó él atando cabos–. Y yo que me preguntaba qué hacías limpiando casas en lugar de presentándote a castings, como casi todo el mundo en Nueva York. ¡No sabía que cada día representabas tu propia obra!

Jacinda lo miró con expresión culpable, pero continuó decidida:

—Ayer me llamó mi hermano desde Londres. Él es quien mantiene el contacto con la policía. Me habló de los intentos de chantaje en el edificio y de la nueva teoría de la policía de que uno de los residentes está detrás de eso y del asesinato de Marie.

Él arqueó una ceja.

Jacinda dejó caer los brazos a ambos lados del cuerpo.

—Yo sabía que tú no podías ser un chantajista, no necesitas el dinero. ¡No tenía sentido!

—¿Y sabes que yo también he sido víctima de uno de los chantajes? —le preguntó él con frialdad.

Ella negó con la cabeza.

—Ya lo creo —continuó con sarcasmo—. Reed Wellington fue chantajeado y, cuando se negó a pagar, parece que alguien acudió al Organismo Regulador del Mercado de Valores con la falsa historia de que él y yo nos habíamos beneficiado de una información bajo cuerda.

Ambos se sostuvieron la mirada.

Gage apretó la mandíbula.

—Debería despedirte ahora mismo.

Podía despedirla, pero no le sería tan fácil erradicarla de su vida. Su aroma se le había metido hasta los tuétanos. Su huella poblaba el piso. Jacinda se había infiltrado en su santuario más sagrado.

—¿Cómo conseguiste que Theresa te recomendara? –inquirió, presa de una perversa urgencia de conocer todos los detalles, una vez que el secreto se había destapado.

Jacinda fue a contestar, pero dudó.

–Ni se te ocurra no contarme toda la verdad –le ordenó él.

Ella cerró la boca, parpadeó y frunció el ceño.

–Una amiga me proporcionó unas referencias falsas y a Theresa le hice creer que ella y mi madre habían ido al instituto juntas.

–Muy lista.

No era un cumplido y ella no se lo tomó como tal.

–Iba a decírtelo…

–¿Y debo suponer que anoche fue una manera de ablandarme antes de lanzar este proyectil? –le espetó él.

Tuvo la satisfacción de verla palidecer de nuevo.

–Anoche, cuando surgió el tema de la muerte de Marie, no dijiste absolutamente nada –señaló él molesto.

–¡No iba a revelarte quién era yo realmente delante de la mitad de los vecinos del edificio!

–Y todo eso de ser un espíritu libre… –continuó con una amarga sonrisa–. No era más que un montón de mentiras.

Alarma y luego culpa cruzaron la expresión de Jacinda.

–De hecho, es una característica de mi familia –dijo ella en apenas un susurro.

–¿Te refieres a lo del espíritu libre o a las mentiras?

Ella palideció y él apretó la mandíbula.

–¿Cómo demonios llegaste a pensar que yo tuve algo que ver con la muerte de Marie? –inquirió él, que tampoco logró pronunciar «asesino».

Jacinda parecía a punto de echarse a llorar.

–Marie tenía una aventura. Era tan reservada que sólo lo descubrí al desaparecer ella, por una de sus socias. Marie había descrito al hombre como alguien muy rico, poderoso y solitario. Alguien alto y con un hoyuelo en la mejilla.

–¿Y de ahí llegaste a la conclusión de que se trataba de mí? –preguntó él sin dar crédito.

–Pensé que era una tapadera perfecta. Llamadas de teléfono aparentemente buscando oficinas para ti cuando en realidad…

–¿Manteníamos una aventura clandestina? –terminó él incrédulo–. ¿No se te ocurrió que, a veces, aunque haya humo, tal vez no haya fuego?

–Sé que ahora parece una locura…

–¡Y lo es!

–… pero yo estaba dominada por el dolor de haber perdido a mi hermana. Sé que no se suicidó.

–¿Y ésa es tu explicación por haberme mentido y engañado? –le espetó él.

–Necesito tu ayuda –le rogó Jacinda.

Él admiraba su audacia, al tiempo que le enfurecía su temple.

—Lo siento, pero no puedo ayudarte —afirmó—. Hasta hace muy poco yo era un sospechoso, ¿recuerdas?

—No sé a quién más recurrir —insistió ella desesperada—. Ahora la policía cree que la muerte de Marie tal vez no fuera un suicidio...

—Eso he oído.

—... pero no tienen pistas.

—Si tú hubieras sido sincera respecto a quién eras, tal vez habríamos relacionado su muerte con los chantajes mucho antes.

—¿Acaso me habrías escuchado? —le espetó ella, y negó con la cabeza—. No lo creo. Incluso la policía aseguraba que había sido un suicidio.

¿Le habría hecho caso?, se preguntó él. Lo cierto era que habría desconfiado de otra rubia explosiva persiguiendo un objetivo.

La observó. Ella estaba casi suplicándole que la ayudara.

Además, era la mujer que pocas horas antes había hecho el amor dulce y apasionadamente con él. La mujer con la que él había bajado la guardia.

A pesar de sus mejores intenciones, no conseguía ignorar sus ruegos. Todavía la deseaba.

Maldijo en voz baja.

Entonces se dio cuenta de que, mientras él la deseaba, ella lo necesitaba. Y así, una idea empezó a formarse en su cabeza.

Se restregó el rostro para despejarlo de emociones, tal y como hacía siempre frente a un adversario con quien quería negociar.

–Necesitas mi ayuda –dijo tranquilamente.

Ella asintió mirándolo con recelo.

–Yo podría acudir a la policía, usar mis contactos…

–Exactamente.

–Por un precio.

Jacinda lo miró atónita.

–No tengo nada para darte –se apresuró a decir–. Si se trata de dinero…

–No.

–He hecho una buena fortuna como ejecutiva de publicidad, pero no a un nivel que pudiera tentar a un multimillonario –explicó ella–. ¿Qué quieres entonces?

–A ti. Te quiero a ti.

Jacinda se quedó sin aliento.

–¿Cómo?

–Ya me has oído –dijo él endureciendo su tono de voz–. Te quiero en mi cama.

Ella lo miró estupefacta.

–¿Quieres comprarme… como si fuera una inversión o una obra de arte?

–Prefiero el término «amante» –puntualizó él secamente.

Jacinda abrió la boca y volvió a cerrarla.

–¿Estás casada? ¿Comprometida? ¿Tienes novio? –preguntó él de pronto.

La vio negar con la cabeza y notó que algo de la tensión lo abandonaba.

–Entonces, no debería suponerte un problema.

–¡No hablas en serio!

–Quieres mi ayuda y ése es mi precio. Por supuesto, contrataré a otra persona para que limpie el piso.

Se miraron a los ojos y transcurrieron unos momentos de tensión.

Finalmente, ella habló en voz baja.

–Estoy deseando hacer lo que sea necesario.

Él la recorrió de arriba abajo con la mirada.

–Cariño, tienes lo que es necesario –le aseguró.

Y entonces decidió darle una muestra de lo que iba a encontrarse.

La atrajo hacia sí y, tras contemplar unos momentos su cara de asombro, la besó. Fue un beso duro e implacable. Un sello de posesión sin lugar a dudas.

Sus suaves curvas se apretaron contra él, encendiéndolo y haciéndole desearla.

Gage introdujo la lengua en su boca y explotaron fuegos artificiales, igual que la noche anterior.

Pero tras unos momentos, él la soltó.

Jacinda dio un paso atrás y se tapó la boca con la mano.

Se miraron a los ojos y ella bajó la mano.

–No te equivoques –le advirtió ella–. Tendrás mi cuerpo, pero nada más.

Lo rozó al pasar a su lado y él se giró para verla marcharse a la parte trasera del ático.

A las habitaciones del servicio, donde ella ya no pertenecía.

Cruzarse con un multimillonario había sido más horrible de lo que ella esperaba, pensó Jacinda todavía limpiando la encimera de la cocina.

Eran más de las diez de la noche y se sentía inquieta. Gage le había dejado una nota por la mañana diciéndole que no se preocupara de prepararle cena porque iba a quedar con un socio.

Se sentía muy sola, paseándose por un piso más grande que muchas casas que conocía.

En el exterior, brillaban las luces de la ciudad y, en el interior, las decoraciones de Navidad emitían una suave luz.

La mayoría de los turistas estarían divirtiéndose en aquel momento.

Pero ella sabía que sus sentimientos no tenían nada que ver con la época, sino con cierto multimillonario.

Cerró los ojos fuertemente un momento mientras recordaba su confrontación con Gage hacía dos días.

Ella lo había estropeado todo. Se había equivocado desde el principio. Debería haberle confesado a Gage quién era antes de que él lo descubriera por sí mismo de la peor forma posible.

Hizo una mueca de dolor al recordar lo furioso que se había puesto.

Por otro lado, aunque se hubiera sincerado con él, Gage se habría enfadado igual por el engaño. La única diferencia habría sido que, cuando ella le hubiera rogado que la ayudara, él se habría conmovido un poco por el hecho de que se hubiera sincerado por propia voluntad.

Guardó un par de tazas en el armario.

El resultado era que había hecho un trato con el diablo.

Prefiero el término «amante».

Las palabras de Gage resonaron en su cabeza, tal y como llevaban haciendo las últimas cuarenta y ocho horas.

Ella se había vendido a cambio de su ayuda.

–Amante de un multimillonario –anunció en voz alta para probar cómo sonaba el título.

Nunca, ni en sus sueños más descabellados, se habría imaginado en aquella situación. Pero seis meses atrás ni siquiera conocía a un multimillonario.

Si sus amigos pudieran verla en aquel momento…

Por supuesto, su familia se escandalizaría. Una hija muerta y otra mantenida a cambio de sexo.

Su familia pensaría que estaba fuera de lugar con Gage Lattimer, cosa que era cierta.

No podía creerse la sangre fría de él. Le había hecho la proposición de manera calculada.

Jacinda comprendía por fin cómo había logrado Gage sus miles de millones invirtiendo en empresas e ideas. Tenía una mente rápida y analítica, cierto, pero también era un negociante frío y calculador.

Mientras que ella se había esforzado a fondo por no enamorarse en los meses anteriores, él aparentemente ni se había inmutado. Tan pronto como la auténtica identidad de ella se había descubierto, Gage le había hecho la proposición sin pestañear.

Se sentía mortificada… y furiosa.

De acuerdo, ella tampoco era inocente, pero aunque su cabeza le decía que fuera racional, su corazón no podía evitar sentirse dolido.

¿Acaso su noche de pasión no había significado nada más para él que un revolcón entre las sábanas con su empleada? Eso parecía, ya que Gage le había hecho una oferta de «o lo tomas o lo dejas».

Y ella había tenido que aceptarla. No confiaba mucho en que la policía resolviera el caso, al menos no sin ayuda ni presión externa. Y estaba decidida a hacer lo que fuera necesario para lograr que a Marie se le hiciera justicia.

Necesitaba el dinero, el poder y la influencia de Gage.

Pero más que eso, lo peor era que no le importaba tanto como debería el hecho de volver a acostarse con él.

Su noche juntos había sido una maravilla. Ella nunca había sentido una atracción tan poderosa hacia un hombre. Un hombre que había demostrado ser un amante experto y muy imaginativo.

Se encendió conforme recordaba imágenes de su noche de pasión con Gage. Después de alcanzar el clímax juntos, se habían despertado y habían vuelto a hacer el amor. Él había provocado respuestas en su cuerpo de las que ella no sabía que era capaz.

Sin embargo, en aquel momento estaba contenta de haberse jurado cerrarle su corazón. Tal vez él disfrutara su cuerpo, pero no conseguiría nada más.

Afortunadamente, Gage no había insistido sobre el asunto después de su enfrentamiento. Ella había regresado a las habitaciones del servicio y se había quedado allí.

Era como si él percibiera que ambos necesitaban un período para tranquilizarse, como dos boxeadores que regresaran a sus esquinas.

O mejor dicho, como dos amantes recuperándose de una discusión.

Como atraído por aquellos pensamientos, oyó que la puerta de entrada se abría y, al girarse, vio a Gage entrar en el piso. Él se detuvo al verla y luego se quitó el abrigo.

—Nos vamos a las Bermudas —anunció sin más.

Jacinda lo miró boquiabierta. Esperaba que continuara la fría distancia de las últimas cuarenta y ocho horas, no aquello.

Gage dejó el abrigo y el maletín sobre una silla.

–A primera hora de la mañana –añadió mientras se acercaba a ella–. Tengo una casa allí.

Ella ya lo sabía. Lo conocía todo acerca de sus lujosas propiedades por todo el mundo.

–¿Has estado alguna vez?

Ella negó con la cabeza.

Gage esbozó una leve sonrisa.

–No te preocupes, enseguida te sentirás como en casa. Conducen por la derecha, como en Londres.

Ella también lo sabía. Las Bermudas eran un territorio británico en el Atlántico.

Gage se detuvo al otro lado de la encimera de la cocina.

–¿Dónde están tus maletas?

Ella encontró su voz.

–En el estudio que tengo alquilado en York Avenue.

Él asintió ligeramente, como absorbiendo un detalle adicional sobre ella y su elaborada mascarada de los últimos meses.

–Puedes usar una de las mías.

–Aquí no tengo mucha ropa apropiada para el clima cálido de las Bermudas.

Gage sonrió de nuevo.

–No te preocupes. Puedes comprar lo que necesites cuando llegues allí y cargarlo en mi cuenta.

Jacinda se ruborizó ante aquel recordatorio del acuerdo al que había accedido.

–¿Por qué vamos?

Él le lanzó una mirada penetrante.

—Porque estoy trabajando mucho y necesito relajarme.

Por la expresión del rostro de Gage, ella sabía a qué tipo de relax se refería. Se esforzó por no inmutarse para no darle la satisfacción de saber que la había puesto nerviosa.

—¿Y cómo vamos a llegar allí?

—En mi avión privado. Desde La Guardia. Podría decirse que conduzco yo.

Por supuesto. Sabía que él tenía licencia de piloto.

—Ya veo.

—No te preocupes —repitió con cierto tono de burla—. También hay un copiloto y algo de tripulación.

Jacinda sintió crecer su ira.

—No es eso lo que me preocupa. Creía que ibas a ayudarme a resolver el asesinato de mi hermana.

—Y yo creía que tú habías accedido a ser mi amante.

—Sí, pero no marchándome a las Bermudas —protestó.

—¿Te preocupa el triángulo de las Bermudas? No te asustes, cariño. Lo he atravesado más de treinta veces al vuelo. Estás en buenas manos.

—Por supuesto —replicó ella—. Había creído, erróneamente, que esto era un plan para librarte de mí.

Él le dirigió una amarga sonrisa.

–A lo que me refiero es a que, ¿cómo vamos a resolver nada si estamos en las Bermudas? –insistió ella.

–Ya he hablado con la policía. Con el detective McGray.

Jacinda lo miró estupefacta.

–¿Cómo? ¿Cuándo?

–Desde el trabajo –dijo Gage mirándola burlón–. No creerás que iba a hacerlo contigo al lado, escuchando cada palabra, ¿verdad?

Maldito…

–¿Qué le has dicho? –inquirió ella.

–Nada acerca de tu pequeña mascarada –respondió él secamente–. Dudo de que a McGray y al resto del departamento de policía les gustara saber que has estado infiltrada en su terreno jugando a los detectives.

Seguramente debía de estarle agradecida por no haberla traicionado. Pero las palabras se le atoraron en la garganta.

–He informado al detective McGray de que me ha surgido un interés personal en el caso de Marie Endicott –explicó él, mostrando algo de piedad–. Y que quiero que lo resuelvan. No me importa cuánto esfuerzo tengan que dedicar. También le he hecho saber acerca de mi buena relación con el alcalde, el sargento de policía y todo el mundo entre medias.

Ella sintió que algo de tensión abandonaba sus hombros.

–Contribuyo generosamente a causas políticas y de caridad en la ciudad –terminó él sin darle importancia.

–Gracias por tu ayuda –dijo Jacinda con voz ronca.

Gage asintió levemente y se acercó a ella.

–Buenas noches, Jacinda –dijo–. Estoy deseando que nos vayamos de viaje.

Mientras Jacinda le observaba alejarse escaleras arriba, le pareció que podría haber dicho igualmente que estaba deseando que ella cumpliera su parte del trato.

Cualquier otra mujer se habría emocionado ante la perspectiva de volar en jet privado a una isla paradisíaca con un multimillonario apuesto y viril.

Pero ella no, se dijo. No en aquellas circunstancias.

La vida tenía un travieso sentido del humor, pensó, aunque, al mismo tiempo, sintió un extraño nerviosismo ante la idea de un idilio romántico con Gage.

Capítulo Cinco

Era un bastardo.

Y lo que tenía el pilotar el avión de uno durante un par de horas, pensó Gage, era que te permitía la oportunidad de lamentarte por lo bastardo que eras.

Contempló el interminable cielo por la cabina de mando al tiempo que controlaba los monitores regularmente. Su copiloto, uno de los contratistas a quien solía emplear a menudo, se había ausentado a la cabina de pasajeros para un breve descanso. Pero regresaría pronto. Dentro de poco comenzarían el descenso a las Bermudas.

Mientras tanto, él podía relajarse en su asiento y tratar de disfrutar el volar. Habitualmente le encantaba la sensación de libertad que le proporcionaba. Era un respiro frente a la presión de sus numerosas responsabilidades.

Pero, aquella vez, había una responsabilidad que no había dejado atrás. De hecho, estaba sentada en la cabina de pasajeros, sin duda reflexionando sobre el trato que había aceptado.

Jacinda.

Él todavía estaba acostumbrándose a aquel

nombre, después de que ella lo hubiera dejado fuera de juego con sus apabullantes revelaciones.

Jacinda. Su nombre real. Derivado del griego *hyacinth*, recordó, agradecido por una vez de haber sido obligado a estudiar los clásicos en el instituto.

Resultaba muy apropiado que se llamara como la fragante flor. Él tenía planeado saborear su aroma, y todo lo demás, en aquel viaje. Quería hacerla florecer para él.

En los últimos dos días, también había descubierto que le gustaba el acento británico de ella mucho más que su fingido acento estadounidense, y tuvo que admitir que Jacinda debía de tener muy buen oído para haberlo imitado tan bien.

De hecho, su voz, tan británica, le resultaba muy sexy y amena.

Debería estar furioso con ella por haberlo engañado. Y lo estaba, pero el ataque de ira inicial había pasado. Al contrario que su ex mujer, al menos el engaño de Jacinda había estado motivado por un apabullante dolor.

Él suponía que, de haber tenido una hermana, habría puesto tanto empeño como Jacinda, o incluso más, en descubrir la verdad tras su trágica muerte.

Incluso la policía había cambiado de opinión y creía que el supuesto suicidio de Marie era sospechoso. Y con razón, pensó él ensombreciéndose al recordar los intentos de chantaje que se habían descubierto.

Recordó su llamada al detective McGray, un veterano del departamento de policía de Nueva York.

Gage estaba familiarizado con los detectives. En cuanto había dejado claro lo bien relacionado que estaba, había logrado la atención de McGray. Sin dejar lugar a dudas, le había transmitido que esperaba que dejara de diferir la resolución de aquel caso. Y a media llamada, Gage habría jurado que le había oído bajar los pies de la mesa donde los tenía apoyados.

Se dijo a sí mismo que lo había hecho a cambio de que Jacinda se convirtiera en su amante.

Se había enfurecido tanto cuando ella le había confesado la verdad… Se había enfurecido con ella por haberlo engañado; y con él mismo por seguir deseándola igual que antes.

Así que había decidido que merecía un castigo, aunque no tenía muy claro a quién estaba castigando al exigirle que se convirtiera en su amante.

A ella no le había ilusionado la proposición. Y él tendría que seguir luchando para que el deseo no lo dominara.

Nunca había sentido una lujuria tan poderosa hacia ninguna mujer. Se encendía con sólo verla. Y su encuentro entre las sábanas hacía un par de noches había aumentado su deseo en lugar de atenuarlo.

El copiloto regresó a la cabina de mando y Gage preparó el avión para el descenso al aeropuerto internacional L. F. Wade en Bermudas mientras se preguntaba hasta dónde deseaba llevar el acuerdo con Jacinda.

Seguía sin ser capaz de responder horas más tarde, después de haber aterrizado y llegado a su villa junto a la costa suroeste de Bermudas.

Lo que sí hizo fue informar al personal de servicio de que llevaran la maleta de Jacinda al dormitorio principal. Y observó cómo, tras unos momentos de duda, ella se encaminaba a su habitación compartida para deshacer el equipaje.

Después comieron y él tuvo que hacer algunas llamadas de trabajo.

En algún momento, vio por la ventana que Jacinda estaba explorando la casa y los jardines.

Sin embargo, cuando el sol estaba poniéndose, la encontró acurrucada en la sala de estar del dormitorio con un libro. Llevaba puesto un vestido de algodón hasta la rodilla. Tenía un estampado de una flor y se ataba detrás del cuello. Él había telefoneado antes de llegar y se había asegurado de que el servicio comprara algo de ropa para ella para que tuviera algo que ponerse nada más llegar.

Él también se había dado una ducha y cambiado de ropa después del vuelo. Vestía unos chinos de color tierra, una camisa azul sin corbata y mocasines náuticos marrones.

–Ven a sentarte aquí fuera y a contemplar la

puesta de sol conmigo –le dijo él abriendo las puertas hacia la terraza–. Nos tomaremos una copa de vino antes de la cena.

La vio dudar antes de asentir y dirigirse hacia él.

–¿Planeas emborracharme antes de seducirme? –le preguntó Jacinda con aspereza conforme salía a la terraza.

Gage vio más allá de la bravuconada: estaba nerviosa. Dejó sobre una mesa una cubitera con una botella de vino blanco y un par de copas que había hecho llevar al dormitorio un poco antes.

–¿Ésa es tu manera de demostrar gratitud? –la regañó en tono burlón.

No sólo estaba bromeando acerca de ella, sino de aquella situación.

–Ya veo que has encontrado la ropa que le pedí al servicio que te comprara.

–Sí, ha sido muy… considerado por tu parte –respondió.

–Admito que me sorprende que hayas escogido ese vestido.

Era evidente que no llevaba sujetador debajo y el vaporoso tejido de algodón moldeaba su escultural figura.

A Gage le recorrió una ola de deseo y sintió que se endurecía.

–He decidido vestirme para el papel.

Ninguno necesitaba expresar en voz alta a qué papel se refería. Al de amante.

Él sonrió.

—Estás haciendo un buen trabajo.

Jacinda lo miró a los ojos.

—Al menos, como yo interpreto que es ese papel. No tengo ni idea de cómo se comporta una amante.

Gage esbozó una medio sonrisa mientras servía vino en las dos copas.

—Lo mismo digo —afirmó ofreciéndole una de las copas—. Tú eres mi primera.

Jacinda lo miró sorprendida conforme agarraba la copa. Sus manos se rozaron y ella vio su vino temblar unos instantes.

—Ex mujer sí he tenido; amante, no —aclaró él.

—¿Y eso cómo es posible?

—Muy sencillo: selecciono con quién salgo, pero no me ha interesado especialmente tener una mujer en particular a mi… disposición.

Hasta entonces. Por un precio.

Él la vio ruborizarse intensamente ante la referencia a su nueva posición como mujer mantenida.

—¿Cómo has sabido mi talla de ropa?

—La busqué en las prendas de tu habitación antes de salir de Nueva York.

Jacinda lo miró atónita.

—¿Creías que eras la única persona capaz de rebuscar en las posesiones personales de otro? —preguntó.

Se sonrojó de nuevo.

Lo cierto era que la había investigado en profundidad.

–También sé que eres una ejecutiva de cuentas en Winter & Back en Londres –añadió.

–De momento, estoy de permiso.

–Cierto –dijo él ladeando la cabeza–. Es un puesto impresionante.

–Soy buena en lo que hago.

Gage elevó la copa en su honor.

–Siempre he admirado a las personas que pueden captar las tendencias. Incluso marcarlas. Supongo que eso es lo que la publicidad y las inversiones empresariales tienen en común.

Ella dio un sorbo de vino.

–¿Cómo te has enterado de mi empleo?

–Buscando por Internet –respondió él y enarcó una ceja–. Quería asegurarme de que esta vez no estabas mintiéndome.

Jacinda lo miró con expresión culpable.

Era demasiado fácil atraparla, aunque ella era una luchadora, pensó Gage con respeto.

–¿Qué más has descubierto? –inquirió ella sentándose en una silla de mimbre.

Gage la imitó. La vio cerrar los ojos y girar la cabeza hacia la cálida brisa marina.

–Te gustan las canciones románticas: Celine Dion, Natalie Cole y Alicia Keys.

Ella abrió los ojos y lo miró.

–¿Has encontrado eso en Internet? –preguntó, sorprendida.

–No –admitió él–. En tu lista de favoritos del

iPod. Le eché un pequeño vistazo mientras estabas fuera.

—¿Por venganza?

—Por curiosidad.

Lo decía en serio, descubrió. No sentía meras ganas de cotillear, sino una curiosidad genuina hacia ella. Estaba hambriento de detalles acerca de quién era la auténtica mujer tras la mascarada.

—¿Y qué más has descubierto de mí?

—Vives en Londres. Tienes un hermano mayor llamado Andrew, que trabaja como comercial en Schroders, la empresa de inversiones británica. Y tus padres, Eleanor y George, poseen su propio negocio de artículos de fiesta.

—Muy bien —murmuró ella.

Gage bebió un sorbo de vino.

—Cortesía del artículo del periódico local en la esquela de Marie.

—Por supuesto.

—Prefieres los cosméticos MAC, los quesos franceses y los tops de Stella McCartney.

—Sólo los de la línea más económica —puntualizó ella—. Especialmente en mi reciente encarnación de una empleada de hogar.

—Tendrás los diseños de más calidad, te lo prometo.

Tal y como esperaba, ella picó el anzuelo.

—Ya me has comprado suficientes cosas. Gracias.

—De nada, pero la oferta sigue en pie.

111

Jacinda frunció los labios.

–Te formaste en el colegio Woldingham y estudiaste Inglés y Comunicación en el King's College de Londres –continuó Gage imperturbable.

Él había accedido a su currículum vitae de la web de Winter & Baker.

–Siento mucho no haber ido a Choate o Princeton –dijo ella con sarcasmo–. Aun así, espero estar suficientemente cualificada para el puesto de amante.

Él hizo una leve mueca.

–Bastará.

–Qué alivio.

Gage sonrió.

–Deberías saber que el sarcasmo no me echa para atrás.

–Te has olvidado de que me gusta esquiar –señaló Jacinda ignorando el punzante comentario–. He estado en los Alpes suizos varias veces.

–Fantástico. Entonces te sentirás como en casa en Vail. Tengo una cabaña allí.

–Lo sé –afirmó ella con un humor seco.

Él enarcó una ceja y entre ambos se produjo un momento de extraña diversión.

–Eres una buena cocinera… pero una mujer de la limpieza terrible.

–Estaba ocupada con otro asunto –puntualizó Jacinda.

Esa vez fue el turno de él de decir:

–Lo sé.

Se mantuvieron la mirada unos instantes antes de que él se girara y contemplara el horizonte. Asintió y se giró hacia ella.

–El sol está a punto de ponerse.

–Sí.

Gage la observó bajar la mirada y aspirar el aire marino con una sonrisa.

–¿Te gusta esto? –le preguntó.

Ella lo miró.

–Es hermoso. Tranquilo.

Qué bien que le gustara Bermudas, pensó Gage. A él le encantaba aquel lugar azul, tanto por el océano como por el cielo. Y ahora ella se añadía a esa belleza. Para él.

–Te he visto pasear por los jardines antes –le dijo.

–Es una casa impresionante.

–El lugar ideal –afirmó él.

Nada más verlo, había decidido comprarlo, atraído por su privacidad, tranquilidad y cercanía a una de las mejores playas de la isla.

La finca tenía su propia piscina, pista de tenis, jardines, casa para invitados y otra para el personal de servicio.

Jacinda se giró para contemplar los últimos rayos del sol y Gage estudió su rostro bajo aquella cálida luz.

Era una mujer realmente hermosa. Sus rasgos clásicos eran suaves y relajados y llevaba su melena rizada suelta sobre los hombros. Sus ojos verdes resultaban más claros aún por el reflejo del sol y estaban enmarcados por pestañas largas y espesas.

Encajaba tanto dentro de un anuncio como creándolo.

Pero aunque ella lo había acusado de querer comprarla como una obra de arte que añadir a su colección de objetos bellos, lo cierto era que Gage quería poseer tanto su cuerpo como su mente.

Se quedaron en silencio, contemplando cómo desaparecía el sol en el horizonte, con las olas del mar como un gesto suyo de despedida.

Cuando la luz casi se había extinguido, dejando una quietud tras ella, Gage miró su copa y luego la de Jacinda.

Ambos se habían terminado el vino, un fabuloso Chardonnay.

Más importante aún: el vino debería haberla relajado. Y, a juzgar por el amigable silencio, había funcionado.

Pero él seguía deseándola. Se puso en pie.

—Vamos —dijo recogiendo la botella de vino—. Casi es hora de cenar.

Ella lo miró unos instantes sin comprender, repentinamente extraída de sus pensamientos.

Gage se hizo a un lado y Jacinda pasó junto a él y entró en la habitación. Él la siguió y depositó la botella de vino y su copa en la mesa donde ella había dejado la suya.

Jacinda estaba leyendo la hora en el reloj de la mesilla de noche cuando él se le acercó por detrás. Colocó las manos sobre sus brazos y la besó en uno de los hombros desnudos.

–Nos aseguraremos de que tomes un poco el sol en este viaje –murmuró él.

Ella se quedó inmóvil.

–¿Con qué? –dijo con un hilo de voz–. ¿Con el minúsculo biquini que he encontrado entre las compras que estaban esperándome?

–¿Había un biquini minúsculo? –preguntó él–. ¿De qué color?

–Verde esmeralda, ya que lo preguntas.

–Recuérdame que se lo agradezca al personal con una paga extra –dijo él medio riendo y la besó en el cuello, en el lóbulo de la oreja y en la nuca.

–Creí que habías dicho que era hora de cenar –señaló ella con voz ronca.

–Casi la hora –puntualizó Gage–. No me importaría un pequeño preludio antes.

–¿No querrás decir interludio, como en «interludio romántico»? –indicó ella mientras él acercaba las manos al nudo del vestido, sujeto tras el cuello.

–Ambos.

Le soltó la parte de arriba del vestido y posó las manos sobre sus senos desnudos. Los masajeó, alimentando su excitación.

Cuando hizo círculos con los dedos alrededor de los pezones, ella gimió y se desplomó contra él, agarrándose a su cuello para mantener el equilibrio.

–Jacinda –comenzó él en voz baja–. Puede que no confiemos el uno en el otro y que ni siquiera nos gustemos, pero siempre tendremos esto, ¿verdad, cariño?

Ella se humedeció los labios.

–No sé a qué te refieres.

Su lengua jugueteó sobre la oreja de Jacinda y luego él la mordisqueó suavemente.

–Mentirosa. Yo creo que sí lo sabes.

Entonces hizo que se girara, la apoyó de espaldas contra la pared y la besó.

Sus senos se apretaban libres contra la camisa de Gage mientras el resto del vestido se mantenía en su lugar gracias a la cremallera hasta media espalda.

Gage introdujo la lengua en su boca y ella gimió y lo abrazó por el cuello.

Luego él le subió la falda hasta las caderas y deslizó una mano por su suave muslo.

Ella olía a flores, a sol y a mar. Y estaba volviéndolo loco.

Apartando sus bragas a un lado, entreabrió suavemente sus pliegues húmedos y se sumergió en su calidez, acariciándola. La miró y la vio entreabrir la boca y entrecerrar los ojos mientras lo miraba.

–Déjame que te llene –le pidió él con voz ronca.

–Ése era el trato –respondió ella jadeante.

Gage se quedó inmóvil unos instantes.

¿Qué esperaba? Tenían un acuerdo. Ella había acordado convertirse en su amante. Pero, maldición, su respuesta tan fría y profesional lo irritaba.

Quería poseer su mente, sus emociones y sus fantasías más ocultas.

Quería que ella se le rindiera completamente, hubiera acuerdo o no.

En voz alta, lo que dijo fue:

–Cierto, cariño.

Hizo un círculo alrededor del centro más sensible de ella, provocándole un grito ahogado.

–Y quiero que te diviertas tanto como pretendo hacerlo yo –la animó.

–Gage… –dijo ella moviéndose inquieta contra él.

–Jacinda, déjate llevar –le urgió.

No había nada más erótico para él en aquel momento que verla llegar al orgasmo en sus brazos.

Sus dedos apretaron, giraron, se movieron y por fin se introdujeron en ella, sin dejar de acariciar su centro con el pulgar, dejándolos a ambos sin aliento de tanto deseo.

Las manos de ella se clavaron en los brazos de él.

–Gage…

–¿Sí?

Y entonces él observó con placer cómo ella se arqueaba hacia atrás y alcanzaba el clímax con un gemido ahogado.

Momentos después, él la besó suavemente.

–Creo que ya he tenido mi respuesta –susurró.

Entonces dio un paso atrás y se desabrochó la camisa, dominado por el irrefrenable deseo de poseerla.

Mientras se desvestían continuaron besándose cada vez con mayor desesperación.

Cuando ambos estuvieron desnudos, él se sentó en la cama y la colocó a ella de pie delante de él. Entonces sacó un paquete de la mesilla de noche.

Pero antes de que pudiera abrirlo, ella se lo arrebató de las manos.

Gage cerró los ojos de placer mientras ella le ponía un preservativo.

Entonces se tumbó, llevándosela consigo para que lo cabalgara.

Vio la mirada de sorpresa de ella.

–¿No vamos a practicar sexo de la forma tradicional? –preguntó Jacinda.

–¿Cómo? ¿Sexo convencional? –dijo él–. No si puedo evitarlo.

Colocó en posición a Jacinda y la observó estremecerse al acogerlo dentro de ella. Saboreó la sensación tanto como ella.

–Muévete para mí, Jacinda –murmuró antes de perder el sentido en una ola de lujuria y deseo totalmente diferente a lo que siempre había sentido.

Ella se movió, alejándose y acogiéndolo una y otra vez, y él acercó la boca a uno de sus senos, urgiéndola a continuar.

Sus jadeos llenaron la habitación.

Gage se concentró en el otro seno, decidido a que alcanzara el orgasmo a la vez que él.

Sus movimientos se aceléraron.

Y de pronto sintió que ella lo apretaba.

–Oh, Gage…

Alcanzó el clímax y se estremeció.

Él la sujetó fuertemente por la cadera y la elevó un poco, penetrándola a su ritmo.

Un segundo después, con un ronco gemido, él la siguió en la cresta de la ola.

Capítulo Seis

A la mañana siguiente, Jacinda se vio obligada a acostumbrarse a su nuevo estado.

Amante de un multimillonario.

Se había acostado con Gage y era oficialmen-
te una mujer mantenida en todos los sentidos.

Debería sentirse horrorizada y se esforzó por
reunir la suficiente cantidad de rabia.

Pero lo cierto era que había disfrutado en la
cama con él.

La primera vez, tan maravillosa, no había sido
una casualidad. Él era un amante fabuloso y la
noche anterior de nuevo ambos se habían ama-
do apasionadamente.

Lo miró: él estaba recostado en una hamaca
cercana a ella junto a la piscina, leyendo un fax
que había recibido por la mañana.

Minutos antes, le había extendido crema por
la espalda y ella había tenido que contenerse
para no ronronear por el efecto de aquellas manos sobre su piel mientras murmuraba alaban-
zas hacia el biquini verde esmeralda con una
voz ronca llena de promesas.

Ella todavía estaba recuperándose del resultado de aquellas caricias, intentando no pensar

en el cuerpo suavemente musculado tendido delante de ella ni en los recuerdos de haberle untado crema por la espalda.

Gage, por el contrario, parecía haber cambiado al modo trabajo sin inmutarse. ¿Cómo era posible que cambiara tan fácilmente de amante apasionado a frío titán de los negocios?

Gage había dicho que había saboreado la traición. ¿Explicaría eso al menos parcialmente su habilidad para encerrarse en sí mismo con tanta rapidez?

La curiosidad pudo con ella.

–Se me ha ocurrido...

Él la miró inquisitivo.

–Se me ha ocurrido –repitió ella– que, mientras yo fingía ser alguien que no soy, tú eres un maestro del disfraz.

Gage levantó la cabeza del fax. Sus ojos se ocultaban tras las gafas de sol, como los de ella, pero Jacinda supo que había logrado su completa atención.

–¿Y de dónde has sacado esa idea? –preguntó él.

–Mantienes las cartas pegadas a tu cuerpo.

–Algunas personas lo consideran una habilidad para los negocios.

–Eres enigmático –añadió ella.

–¿Eso es todo lo que puedes decir después de meses de husmear? –bromeó Gage–. Me decepcionas.

–Cauteloso, debería haber dicho.

–La mayoría de los multimillonarios chanta-jeados lo somos.

Jacinda negó con la cabeza.

–Creo que va más allá de eso. Dijiste que ya probaste la traición.

Gage se puso serio.

–Cierto. Podría decirse que he tenido proble-mas con mujeres engañosas antes de tu reciente actuación.

–¿Tu ex esposa?

Él esbozó una amarga sonrisa y dijo:

–Ella aparece en la búsqueda por Internet, ¿verdad?

–Google es maravilloso.

–Debería habérmelo figurado.

–He oído que los fundadores son multimillo-narios hoy.

–Tras haber traicionado a la fraternidad al compartir información con los otros miembros del club –se lamentó él.

–Qué pena para ti.

–Aún me da más pena no haber tenido la oportunidad de financiarlos cuando empezaban –respondió él haciéndola sonreír.

Gage se recostó de nuevo con aparentes ga-nas de charlar.

–¿Qué información sobre la temible señora Lattimer te gustaría saber?

–Os divorciasteis antes de los dos años de ma-trimonio.

Era una afirmación con una implícita invitación a que él le explicase lo que había ocurrido.

—Cierto, eso fue hace ocho años —puntualizó él—. Cuando yo era sólo millonario, pero aun así se me consideraba un buen partido.

—No lo dudo.

—El problema fue que estaba demasiado enamorado para pensar en pedirle a Roxanne que firmara un acuerdo prenupcial —explicó él—. Ella era una aspirante a cantante en busca de su gran oportunidad. Me di cuenta demasiado tarde de que consideraba que yo era su gran oportunidad.

«Eso debió de doler», pensó Jacinda.

—Cuando, un año más tarde, me pidió el divorcio e intentó quedarse con todo, mi abogado hizo algunas averiguaciones —continuó él—. Resultó que había ocultado algunos interesantes detalles de su pasado.

Una extraña premonición coleó en el estómago de Jacinda.

—Fraude con tarjetas de crédito junto con una tendencia a perseguir a hombres con dinero. Es decir, ella era lo que se suele llamar una cazafortunas. Desafortunadamente para ella, esa pequeña característica rebajó el acuerdo de divorcio un poco.

—Pero te ha ido bien tú solo desde entonces —comentó ella.

—No he «adquirido» más mujeres —respondió Gage medio en burla.

–Ella debe de haber lamentado mucho no haberse quedado a tu lado, ya que hoy eres multimillonario.

–Tal vez –admitió él–. Pero en aquel momento ya tenía objetivos mayores. Yo fui su puerta a la sociedad pero, una vez se vio dentro, ya no me necesitaba. Divorciarse de mí significó que quedaba libre para perseguir a hombres ricos con las mismas prioridades que ella: acudir a todas las fiestas posibles y mantener su posición en la sociedad.

–Entiendo.

El problema era que ella realmente comprendía, incluso demasiado bien. Aunque fuera tardíamente.

Con su mascarada, había tocado un punto sensible de Gage. No le extrañaba nada que él se hubiera enfurecido tanto al descubrir su subterfugio. Para él, era otra mujer que se había acercado con engaños. Pero en lugar de ir en busca de su dinero, ella iba en busca de información.

Debía de haber supuesto un esfuerzo para alguien como Gage, educado por unos padres formales y distantes, haberse abierto a otra persona. Después de que su ex mujer lo traicionara, seguramente se había vuelto a proteger.

El hecho de que le hubiera propuesto ser tan sólo su amante de pronto tenía sentido, pensó Jacinda. Rápidamente, él había aprendido a ser cauto y cínico.

–Así que, cuando descubriste que te había engañado, decidiste castigarme –aventuró ella.

Él enarcó una ceja.

–¿Anoche te pareció un castigo?

Jacinda sintió que se ruborizaba.

–Ya que has sacado el tema, hablemos de una persona que ha influido en tu vida: tu hermana –propuso él.

Pensar en Marie puso triste a Jacinda de pronto.

–Mi hermana era impulsiva, pero siempre estaba llena de energía. Nació cuando yo tenía cuatro años y fue mi motor desde el primer día.

Gage ladeó la cabeza sin dejar de mirarla.

–Os parecéis. Debería haber captado vuestra semejanza nada más verte. El pelo castaño y rizado, los grandes ojos verdes.

Jacinda se removió inquieta bajo aquel escrutinio y asintió.

–Sí, excepto que Marie era unos cinco centímetros más baja que yo.

–Y tú siempre has sido la responsable hermana mayor.

–Tranquila, aburrida –añadió ella con una carcajada.

–No en la cama.

Ella supo que, tras las gafas de sol, él estaba mirándola a los ojos. Suspiró.

–No podía creer que Marie tuviera una aventura secreta de la que ni siquiera me habló a mí.

–Debía de tener sus razones.

–Y me temo que esas razones son la causa de que acabara muerta.

Gage asintió.

–¿Comprendes por qué necesito averiguar quién es ese hombre? –preguntó ella–. ¿Me ayudarás?

–Ya te he dicho que lo haré.

Jacinda inspiró hondo y, dado que no parecía haber nada más que decir, señaló el fax con la cabeza.

–¿Algo interesante en el trabajo?

Gage también contempló el papel.

–Sólo es una empresa con la que tengo relación. Están en un punto en que necesitan asesoramiento sobre marketing, imperiosamente.

Ella sonrió triunfal, aligerando un poco el ambiente.

–Ponme a prueba. Soy buena con los eslóganes.

Él rió.

–¿Se te ocurre algo que rime con Mandew o que le vaya bien? Es el apellido del fundador y son una incipiente empresa de informática.

–¿Qué te parece «A mandar, Mandew»?

Gage rió de nuevo.

–No está mal para una idea improvisada. Veo el comienzo de una gran colaboración.

Jacinda se quedó sin aliento.

Qué tipo de colaboración tendrían ellos dos todavía habría que verlo, pero su relación cada día se volvía más complicada.

Cuando regresaron a Nueva York, Gage se sentía más relajado que nunca.

Una escapada con Jacinda a su escondite en las Bermudas había sido un regalo de rejuvenecimiento. Él le había ganado al tenis pero ella le había hecho trabajárselo y también habían tenido tiempo de navegar y hacer esquí acuático. Eso último había peligrado, porque él se había sentido tentado a renunciar a ello, tumbar a Jacinda en la lancha y hacerle el amor apasionadamente bajo los rayos del sol.

Por la noche, habían cenado a la luz de la luna y después se habían acercado a la ciudad para bailar un rato. Y por supuesto, habían terminado en la cama para más rondas de ardiente sexo.

A lo largo del viaje, Gage había aprendido algunas cosas interesantes sobre Jacinda. Igual que a él, le gustaba desafiarse a sí misma con crucigramas. Era divertida, especialmente cuando se sentía arrinconada, y muy rápida de mente. Podía hablar de cualquier cosa desde actualidad mundial hasta los últimos temas de salud, siempre inteligentemente y con criterio.

Habían regresado a Nueva York la noche anterior tarde, a tiempo para el comienzo del fin de semana.

En aquel momento, Gage se preparó un café

en la cocina y bebió un sorbo mientras esperaba a que Jacinda se duchara y arreglara.

Contempló la decoración de Navidad que ella había dispuesto y sonrió.

Pensó que aquella noche podría llevarla al Radio City Music Hall para la función de Navidad. Podía hacer que una de sus secretarias le consiguiera unos buenos asientos. O, si no, podían ir a un show de Broadway.

A Jacinda le gustarían ambas opciones. Se preguntó si ella había pasado las Navidades en la ciudad alguna vez, pero lo dudaba.

Por la tarde podían ir de compras de Navidad. Barneys, Bergdorf y Tiffany acudieron a su mente.

Gage sonrió. Podía imaginarse lo mucho que protestaría Jacinda si le compraba una chuchería de una famosa joyería y saboreó su reacción. Últimamente él disfrutaba sacándola de quicio… tal vez demasiado.

De todas formas, desde que el secreto de ella se había descubierto, ya no había razón para que escondiera su luz vistiéndose como una empleada de hogar por el bien de él.

Podría acostumbrarse a tener una amante, pensó. Excepto que la única mujer que lograba imaginarse en ese papel era Jacinda.

No sólo le atraía su cuerpo. Era inteligente; reservada, pero inteligente. Había sido lo suficientemente lista como para mantener una farsa durante más de cinco meses.

Ella lo había desafiado, intrigado y desperta-do su deseo al mismo tiempo.

El sonido de unos pasos lo sacó de sus pensa-mientos.

Al ver a Jacinda, Gage advirtió que llevaba unos de esos vaqueros que lo habían vuelto loco los últimos meses. Abrazaban cada una de sus curvas e iban acompañados de un top ajustado de color naranja. Botas negras de cuero com-pletaban el conjunto.

Llevaba el cabello suelto, como en los últi-mos días, y a él le gustó.

—Hola, ¿quieres café? —le ofreció.

—Sí, por favor.

Él alcanzó una taza.

—Estaba pensando en lo que podíamos hacer hoy. Tal vez te apetezca ir de compras de Navi-dad —comentó mientras servía el café—. ¿Te pa-rece bien si empezamos por Tiffany?

Vio que ella fruncía el ceño. «Allá vamos», pensó reprimiendo una sonrisa.

—De hecho, creí que iríamos al apartamento de Marie.

El buen humor de él se desvaneció. De todos los posibles planes del día que se le habían ocu-rrido, ninguno contemplaba rebuscar en el apar-tamento de Marie Endicott.

—¿Y por qué íbamos a hacerlo? —preguntó él sin inmutarse.

Ella se encogió de hombros.

—El apartamento todavía está lleno de las co-

sas de Marie. Sé que suena a chaladura pero…
he pensado que podíamos echar otro vistazo
por si se nos ha escapado algo en los últimos
meses.

—Sabes que la policía ya ha estado ahí.

Jacinda asintió.

—Y yo también, pero…

Gage dejó la taza sobre la encimera en lugar
de alcanzársela.

—Jacinda, deja que la policía haga su trabajo.

Ella elevó la barbilla con expresión tozuda.

—Dijiste que me ayudarías.

—Y lo he hecho. Me he puesto en contacto con
la policía y los he presionado.

—Pero el caso permanece sin resolver.

—Cierto —admitió él—. Y podría haber un asesino por ahí. No necesitas correr riesgos.

La idea de que ella se expusiera al peligro le
ponía en tensión.

—¿Cómo va a ser peligroso visitar el apartamento de mi hermana?

—Si el crimen ha sido cometido por alguien
del edificio, y la policía ahora cree que así ha
sido, alguien de nuestros vecinos es peligroso.
Si esa persona se entera de que estás husmeando, podría ponerse nerviosa.

La vio fruncir los labios y adoptar una expresión de rebeldía.

—He sido discreta.

—¿Nadie te ha visto entrando o saliendo del
apartamento de Marie?

–Nadie –aseguró ella y luego dudó–. Bueno, salvo por una vez en que Amanda Crawford se hallaba en el ascensor cuando yo me bajé en la planta sexta.

Él enarcó una ceja.

–Justo lo que yo digo.

Ella lo miró exasperada.

–No creerás que Amanda…

–No, pero tal vez otra persona en otro momento te haya visto u oído sin que tú te dieras cuentas.

Jacinda dio media vuelta.

–Voy a ir, contigo o sin ti.

Gage se acercó a ella rápidamente y la tomó del brazo.

–Entonces será conmigo. Pero, al menos, desayunemos antes.

Gage nunca se dejaba manejar, pero ella acababa de hacerle una encerrona. No iba a dejarla ir sola al apartamento de Marie después de lo que sabía acerca de los crímenes en el edificio.

Ella se relajó un poco bajo la mano que la sujetaba.

–Voy a preparar el desayuno.

–No, lo haré yo –respondió él, sonriendo ante la cara de asombro de Jacinda–. Puedo hacer una sencilla tortilla de queso.

–Eso tengo que verlo.

–He mantenido mis habilidades culinarias en secreto hasta ahora porque me encantaba que cocinaras para mí –bromeó él.

131

–Debería haberlo supuesto.

Una hora más tarde, después de un delicioso desayuno, ambos se colaron en el apartamento de Marie.

Gage recorrió el espacio observando todo cuidadosamente.

El apartamento estaba decorado con colores brillantes y alegres. Una ordenada cocina se hallaba junto a la puerta principal y a su lado había un salón de buenas proporciones. Al otro lado del salón se encontraban dos dormitorios, uno con una cama enorme que parecía ser donde dormía Marie y el otro con una cama de matrimonio más pequeña, presumiblemente para invitados.

El apartamento de dos habitaciones era un acogedor piso de soltera. Pero aunque los muebles y los objetos personales estaban ahí, alguien había ido empaquetando las cosas. Había cajas de cartón abiertas y a medio llenar repartidas por todas partes.

Gage se detuvo junto a una de esas cajas en el dormitorio de Marie y vio una foto enmarcada encima del resto de cosas. La sacó y la contempló.

Marie y Jacinda sonreían a la cámara. Jóvenes y sin preocupaciones, estaban abrazadas la una a la otra.

Jacinda llegó junto a él.

–Nos la hicimos en nuestras vacaciones en las islas Canarias.

–Estabais muy unidas –señaló él.

Jacinda asintió y, cuando él la miró, vio lágrimas en sus ojos.

«Maldición».

Otra razón por la que no había querido bajar allí. Sabía que ella se entristecería.

–Hagamos lo que hemos venido a hacer –gruñó.

Jacinda asintió.

–Echa un vistazo a todo y escoge cualquier cosa que te parezca interesante. Eres unos ojos nuevos aquí. Tal vez veas algo que a los demás nos ha pasado desapercibido.

Él miró hacia la superficie vacía de un escritorio cercano.

–Yo empezaría con la informática, como los correos electrónicos y archivos de ordenador. Pero supongo que la policía ya lo está investigando, ¿cierto?

–Sí. Sé por Andrew que se llevaron el ordenador de Marie y su teléfono móvil una vez que el caso se consideró un posible asesinato. Yo me quedé empaquetando los objetos personales –explicó ella y se encogió de hombros–. No es mucho, pero no quería dejar nada sin comprobar.

–De acuerdo. Entonces, ¿por qué no reviso las cosas mientras te ayudo a empaquetar? –se ofreció él en tono optimista y reconfortante–. Empezaré por el salón y tú puedes ocuparte de esto. ¿Trato hecho?

Jacinda asintió.

Él dudaba de que fueran a encontrar algo interesante, pero un trato era un trato. Con esa idea, regresó al salón, agarró una caja vacía y se acercó a las estanterías de obra de una de las paredes.

Las estanterías eran lugares perfectos para esconder trozos de papel y otras cosas igual de interesantes.

Sin embargo, media hora más tarde no se sentía tan optimista.

Había aprendido que los gustos de Marie en cuanto a lectura abarcaban desde ficción popular hasta publicaciones inmobiliarias y algunos clásicos. Pero no había descubierto mucho más.

Agarró una copia encuadernada en piel de *Cumbres borrascosas*. Esbozó una leve sonrisa. Según contaban en su familia, su madre había querido llamarlo Heathcliff o, al menos, Heath.

Con una extraña curiosidad, abrió el libro y lo hojeó.

Y entonces se quedó helado.

En lugar de letra impresa, el libro estaba lleno de notas manuscritas y fechas escritas por una mano femenina.

Parecía ser un diario. El diario de Marie.

Soltó un par de improperios en voz baja.

Jacinda asomó la cabeza.

–¿Has dicho algo?

Él la miró y su rostro pálido debió de alarmarla, porque se acercó.

–¿Qué estás mirando? –preguntó Jacinda observando el libro que tenía entre manos.

Él la vio quedarse estupefacta.

–Creo que es el diario de tu hermana.

Jacinda sacudió la cabeza sin dar crédito.

–Ni siquiera sabía que escribía uno.

–No sólo lo escribía, sino que se tomó la molestia de esconderlo como una copia de *Cumbres borrascosas*.

Jacinda inspiró hondo y se le llenaron los ojos de lágrimas.

–¿Por qué este subterfugio, Marie? –murmuró.

–Tenemos que entregárselo a la policía.

–¡Antes tenemos que leerlo!

–Jacinda… –le advirtió él.

–Aquí no –lo interrumpió ella con urgencia–. Arriba, en tu apartamento. Tenemos que llamar a la policía y entregárselo. Pero antes de eso, tenemos tiempo.

Capítulo Siete

Nada más llegar al apartamento de Gage, Jacinda se arrellanó en el sofá y abrió el volumen que llevaba entre manos.

–La primera entrada es de principios del año pasado –informó a Gage, que se había sentado a su lado–. ¡Reconocería la letra de Marie en cualquier lugar!

Ansiosa, hojeó la primera página, que estaba llena de detalles sobre una noche de fiesta en el Limelight. No era nada revelador, pero Jacinda se puso nerviosa. ¡Tal vez habían encontrado la clave para averiguar la muerte de su hermana!

No podía creerlo y luchó por controlar el temblor de sus manos.

Pasó a la siguiente página, luego a la otra y a la otra. Era como si no pudiera leerlas suficientemente rápido, así que saltó hasta el final del tomo.

La última entrada era de dos días antes de la desaparición. Contenía algunos detalles poco interesantes sobre uno de sus posibles negocios inmobiliarios.

Frustrada, Jacinda volvió al principio y fue pasando las páginas.

…visité el Met…

…compré un fabuloso vestido en Saks…

…estoy pensando en cambiarme a un apartamento más grande…

…hoy telefoneé a casa… hablé con Jacinda…

Al ver una referencia a ella en la letra de su hermana, sintió una punzada de tristeza. La echaba de menos.

Pasó las páginas rápidamente… hasta que Gage le hizo detenerse.

—Jacinda, esto no está haciéndote ningún bien —le advirtió—. Estás alterada.

Ella se soltó y lo miró enfadada.

—¡Tengo que hacerlo!

Tras unos instantes él suspiró, aceptando que la búsqueda siguiera su curso.

Jacinda volvió la vista al diario.

6 de septiembre: Tendré que llamarle Ted porque no me atrevo a escribir su nombre real ni siquiera aquí.

Jacinda se quedó helada. Ted debía de ser el amante secreto de Marie.

Al verla ponerse tensa, Gage leyó por encima de su hombro.

Conforme ella deslizaba el dedo por la página, notó que Gage también se quedaba tieso.

Nuestra cita ha sido en uno de los hoteles de lujo de Nueva York. Él tiene modales de otra época, al contra-

rio que la mayoría de los hombres que he conocido. ¡Y es fabuloso en la cama!

Yo sabía que estaba mal. Él está casado. Pero no he podido evitarlo.

Jacinda sintió el estómago encogido como si estuviera tirándose en caída libre.

Su hermana había mantenido una aventura con un hombre casado. Un hombre rico, poderoso y casado.

No le extrañaba que lo hubiera llevado tan en secreto.

Y ese asunto tal vez le había costado la vida.

—Marie estaba teniendo una aventura con un casado —explicó, como si decirlo en voz alta le ayudara a creérselo.

—Lo sé —indicó Gage con suavidad—. Lo he leído a la vez que tú.

Miró a Gage angustiada.

—¿Por qué no me lo contó?

—Estoy seguro de que no quería decepcionarte.

Empatía, amabilidad incluso, reflejaba la expresión de él. Si Jacinda no hubiera estado tan afectada, se habría maravillado con aquella nueva faceta del hombre tras la imagen de triunfador y poderoso personaje.

Jacinda asintió, pero la emoción la dominaba igualmente, negándose a ser reprimida.

Conforme lo asaltaron los sollozos, Gage le quitó el diario de las manos y la abrazó.

–Adelante, llora –la animó–. Has sido fuerte y valiente.

Jacinda hundió la cabeza en su hombro y noto que él le acariciaba la espalda.

Creía que había derramado todas las lágrimas que podía respecto a la muerte de su hermana, pero aquel nuevo descubrimiento la había sacudido, minando sus defensas y dejándola vulnerable.

Qué ironía, pensó entre tanta confusión mental, que quien la estaba consolando fuera el hombre de quien había sospechado.

Pero no había ningún otro lugar donde deseara estar en aquel momento más que en la protección de sus brazos. Le ofrecían un refugio inesperado y acogedor.

Jacinda bajó la cabeza para resistir el fuerte viento que soplaba por Park Avenue conforme se dirigía al número 721.

Poco después de su desahogo llorando el día anterior, Gage había telefoneado al detective McGray y luego Gage y ella habían acudido juntos a la comisaría.

Gage se había presentado y luego la había presentado a ella como la hermana de Marie. Por la expresión de McGray, era evidente que le había sorprendido verlos juntos.

Sin más preámbulos, ella le había explicado que había estado empaquetando cosas en el apartamento de su hermana y que Gage la había ayudado.

La sorpresa del detective pronto se vio reemplazada por interés ante el hallazgo del diario de Marie, aunque absorbió la noticia de las pruebas del romance secreto con expresión impávida.

Luego miró a Gage y le prometió que haría todo lo posible para resolver el caso.

Jacinda tenía las uñas clavadas en la palma de la mano. Ella había tenido razón y la policía se había equivocado.

En aquel momento, conforme giraba en la esquina del 721 de Park Avenue y entraba en el edificio, advirtió sin prestar mucha atención que el portero no estaba a la vista.

Al cruzar el vestíbulo camino del ascensor oyó voces provenientes de la sala de correo. Parecían dos personas discutiendo.

Ralentizó el paso y, como no pudo evitar la curiosidad, se detuvo al llegar al amplio escritorio de caoba del portero.

La alfombra oriental que cubría el suelo de marfil había amortiguado sus pasos y, a juzgar por el sonido de las voces, ninguna de las personas de la sala de correo había advertido su presencia.

Oír discutir a alguien era asombroso. Nadie levantaba siquiera la voz en aquel vestíbulo que destilaba lujo y vidas reservadas.

No estaba segura, pero le parecían las voces de Henry Brown y de Vivian Vannick-Smythe.

¿De qué estaría quejándose Vivian?, se preguntó al tiempo que se maravillaba de que Henry le respondiera. Tal vez el portero llevaba suficiente tiempo en aquel empleo como para no temer la ira de la gélida matrona del edificio.

Jacinda se esforzó por captar algo, pero tras un rato de no comprender nada, se rindió. Estaba escuchando a hurtadillas y debía marcharse. Sin embargo, en lugar de dirigirse hacia el ascensor, se encontró acercándose de puntillas a la entrada de la sala de correo.

Había dado cuatro o cinco pasos cuando escuchó la voz de Vivian:

–… Marie Endicott…

Jacinda se quedó inmóvil.

¿Por qué iba Vivian a mencionar a Marie durante una discusión con Henry?

Sacudió la cabeza. ¿No estarían jugándole una mala pasada sus oídos? ¿Acaso estaba tan desesperada por resolver el misterio de la muerte de su hermana después de tantos meses que todo le parecía conectado con Marie?

Oyó un sonido, como si alguien empezara a moverse, y rápidamente y en silencio desanduvo el camino.

Al mirar hacia atrás, vio a Henry Brown salir de la sala de correo y fruncir el ceño al verla.

Ella le dirigió una sonrisa radiante.

–Hola –saludó–. Menudo frío hace hoy.

–Mañana nevará –contestó él relajando su expresión pero sin sonreír.

Un segundo después, uno de los shih tzu de Vivian se acercó a Henry y comenzó a ladrar.

—Eso he oído —señaló Jacinda por encima de los ladridos del perro y luego se apresuró a llamar al ascensor.

Por el rabillo del ojo, vio que Henry ordenaba los papeles de la mesa del portero mientras el perro a su lado le gruñía a ella.

Suspiró aliviada cuando llegó el ascensor y pudo entrar y despedirse de aquella ruidosa bola de pelo.

En cuanto llegó al ático, telefoneó a Gage a su oficina.

—Hola, ¿va todo bien? —preguntó él.

Ella inspiró hondo.

—Lo cierto es...

—¿Qué sucede? —preguntó él, alerta.

—Acabo de pasar por el vestíbulo del edificio y he oído a Vivian Vannick-Smythe discutiendo con Henry Brown en la sala de correo.

—¿Y qué? —dijo Gage en un tono más relajado—. Vivian es lo suficientemente gruñona como para arremeter contra uno de los empleados de la casa.

—No estoy segura, pero creo que le he oído mencionar el nombre de Marie.

—¿Y?

—Que tal vez Henry y Vivian sepan algo acerca de la muerte de Marie que nosotros desconocemos.

Gage suspiró sonoramente.

–Jacinda, deja de jugar a los detectives aficionados. Sólo porque Vivian haya mencionado el nombre de Marie no significa que tenga algo que ver con el suceso. El edificio entero lleva especulando acerca de la muerte de tu hermana desde que ocurrió. Todo el mundo sabe que la policía está investigando.

–¿No me crees? –le reprochó sintiendo una punzada de dolor, como si la opinión de Gage pesara más que las otras.

–Tú misma has dicho que no estás segura de que mencionaran el nombre de Marie.

–¿Te has dado cuenta de que los perros de Vivian nunca ladran a Henry? Creo que esos dos tienen una conexión que están escondiendo.

–Por supuesto que los perros no le ladran. Es el portero. Lo ven todo el rato y reconocen a alguien familiar.

–Yo creo que hay algo más.

–Jacinda, basta –dijo él y añadió con suspicacia–: ¿Te ha pillado alguien escuchando a escondidas?

Ella dudó.

–Henry salió de la sala de correo y me vio dirigiéndome al ascensor.

Oyó que Gage maldecía en voz baja.

–Jacinda, por última vez: deja que la policía haga su trabajo.

–¿Y que yo cumpla con el mío? –replicó ella–. ¿Es decir, que cuide de ti?

143

–No me refería a eso.

–¿Y entonces a qué te referías?

–Hace poco hemos encontrado el diario de Marie y ahora estás ansiosa por más pruebas. Pero deja que la investigación policial siga su curso y no dejes volar tu imaginación mientras tanto.

Él sonaba tan razonable, tan convincente, tan seguro... Tal vez tenía razón, pensó ella.

Después de todo, ya se había equivocado una vez cuando había creído que él había sido el responsable de la muerte de Marie.

Desde entonces, había experimentado un cambio radical de postura. De hecho, en los últimos días temía haberse enamorado de él.

–Relájate hasta que llegue yo –le dijo Gage.

Ella suspiró.

–De acuerdo –respondió a regañadientes.

–Por cierto, regresaré un poco más tarde de lo habitual.

–No te preocupes.

Después de colgar, Jacinda contempló la casa.

Encontraría algo interesante que hacer. ¿Qué se suponía que hacía una amante en su tiempo libre? ¿Ir de compras? ¿Quedar a comer? ¿Disponer del coche con chófer que Gage había puesto a su disposición?

No conocía suficientemente bien a nadie como para invitarle a comer. Elizabeth Wellington, la vecina del piso de enfrente, parecía muy agradable. Y Jacinda sabía que Gage era amigo del marido de Elizabeth, pero Elizabeth estaba ocupada con el bebé recién nacido. Además, nadie sabía que ella había pasado de empleada de hogar de Gage a su amante, y sería extraño que la asistenta de Gage invitara a comer.

Y en cuanto a comprar, ¿adónde iría? ¿A por una tiara y un vestido de gala? Eso era para las princesas, no para las amantes.

Por supuesto, lo que deseaba era resolver el misterio de la muerte de su hermana.

Podía salir a dar una vuelta. ¿Y qué si su paseo casualmente la llevaba a la puerta de la comisaría?

¿Qué daño podía hacer mencionarle al detective McGray lo que había oído?

¿Acaso la policía no apreciaría todas las pistas que pudieran obtener, aunque algunas resultaran ser falsas?

Le había dicho a Gage que se relajaría, pero eso no le impedía dar un paseo por el barrio.

Después de la llamada de Jacinda, Gage se quedó mirando el teléfono unos segundos.

Cambiando de idea, descolgó y marcó el número que había apuntado hacía dos semanas.

–McGray al habla –anunció una voz grave.

–Soy Gage Lattimer.

–¿En qué puedo ayudarlo? –preguntó el detective sonando más alerta.

–Jacinda Endicott acaba de escuchar una discusión en el vestíbulo del edificio entre una de las residentes, Vivian Vannick-Smythe, y el portero, Henry Brown.

—¿Sí?

—Parece que la discusión tenía que ver con Marie Endicott —añadió.

—Interesante.

—A mí también me lo parece —respondió Gage sin emocionarse.

—Puede que sea hora de otra charla con la señora Vannick-Smythe y Henry Brown.

—Tal vez —señaló Gage—. Y por favor, si descubre algo interesante, apreciaría mucho que me informara tan pronto como fuera posible. Estoy en contacto con Jacinda Endicott.

«No sólo eso, me acuesto con ella», pensó.

—Lo haré —aseguró McGray antes de colgar.

Gage contempló el teléfono con aire pensativo.

La pista tal vez no condujera a ningún sitio… o tal vez sí.

Capítulo Ocho

Era una Nochebuena amarga.

La primera sin Marie. La primera con Gage.

Jacinda espolvoreó piñones sobre el filete de lenguado en la encimera de la cocina.

Cuando había sido evidente que Gage pasaría la Navidad solo en Nueva York, ella también había decidido quedarse.

Él no le había exigido que lo hiciera, pero Jacinda se dijo a sí misma que, con las recientes noticias en el caso de Marie, no podía permitirse abandonar la ciudad.

En realidad, la historia más complicada y que se negaba a reconocer plenamente era que el propio Gage era un buen motivo para quedarse en Nueva York.

Disfrutaba de su compañía y se sentía poderosamente atraída hacia él.

En otras circunstancias, se habría quedado maravillada al conocer a un hombre como Gage. Pero ella era su amante temporalmente contratada hasta que el caso de Marie se resolviera.

Estaba fortaleciéndose para ese día porque, mientras que Gage había demostrado claramente que estaba disfrutando de su romance, ella se había quedado anclada en el pasado. Y no se engañaba a sí misma diciéndose que Gage habría olvidado que ella era otra mujer que había entrado en su vida con un motivo oculto.

Suspiró y se limpió el resto de piñones de las manos.

Aromas deliciosos provenientes de lo que había cocinado y horneado llenaban la atmósfera del ático y el sonido de un villancico flotaba de fondo.

Cocinar era una manera de canalizar su inquieta energía porque, a pesar del gran progreso que habían hecho, la muerte de Marie seguía siendo una incógnita.

Jacinda sabía que su familia no se había quedado muy contenta cuando les había anunciado que pasaría las vacaciones al otro lado del Atlántico. Ellos también sonaban preocupados, como si temieran que continuara sumida en el dolor. No había querido generarles falsas esperanzas contándoles las novedades en el caso, por ejemplo el descubrimiento del diario de Marie y tal vez la conversación entre Vivian y Henry.

Dado que su familia no parecía saber nada del diario, ella asumió que el detective McGray había confiado en que ella se lo contaría.

Al pensar en el detective, recordó lo ocurrido el día anterior al pasar por su despacho.

Él no había dado mucha importancia a la discusión entre Vivian y Henry, igual que Gage.

Ofendida pero conteniéndose para mantener la cooperación de la policía, ella había aceptado la opinión del detective con ecuanimidad.

Pero en privado, seguía creyendo que algo importante había ocurrido en la conversación entre Vivian Vannick-Smythe y Henry Brown.

Así que ahí estaba ella, intentando enfocar sus energías hacia algo positivo, preparando comidas que harían enorgullecerse a un chef.

El día siguiente prepararía una cena inglesa tradicional de Navidad: pavo asado con relleno, patatas asadas y *bread sauce*, salsa a base de miga de pan y leche. También chirivías y nabo sueco, coles de Bruselas y castañas. Y, por supuesto, el tradicional pudín navideño de frutas que había preparado hacía semanas, antes incluso de que estuviera claro que Gage y ella iban a pasar la Navidad juntos en Nueva York.

De momento, aquella noche Gage y ella iban a cenar más ligero. Un filete de lenguado delicadamente preparado con piñones y cebollino. De guarnición, puntas de espárragos y cuscús.

Estaba introduciendo el lenguado ya preparado en la nevera de lujo cuando le llegaron voces desde la puerta principal.

Se giró sorprendida y vio entrar a Gage seguido por el detective McGray.

Gage tenía aspecto sombrío y Jacinda se tensó. Aquello no podía significar buenas noticias en Nochebuena.

Minutos antes, Gage había bajado al vestíbulo del edificio a por el correo. En aquel momento, se detuvo y señaló al otro hombre con la cabeza.

—Jacinda, ya conoces al detective McGray. Entraba en el edificio justo cuando yo he bajado.

Ella salió de la cocina.

—Buenas noches, detective McGray.

—Buenas noches, señorita Endicott —saludó el detective con una inclinación de cabeza.

Si al detective le pareció extraño encontrarla cocinando en casa de Gage, no dijo nada.

—Permítame su abrigo —se ofreció ella.

Era ridículo. Ella sabía que el detective estaba allí para algo momentáneo, pero se sentía como si fuera una situación irreal.

—Yo me ocuparé del abrigo, Jacinda —anunció Gage mientras el detective se lo quitaba—. ¿Por qué no os sentáis el detective y tú?

Al ver la mirada inquisitiva de ella, Gage añadió:

—Ha habido una novedad en el caso.

Jacinda y el detective McGray se acomodaron en unos sillones en el salón y, tras guardar el abrigo del detective, Gage se sentó junto a ella.

No por primera vez, Jacinda advirtió que el detective parecía uno más de los veteranos sobrecargados de trabajo y mal pagados del departamento de policía de Nueva York.

—Señorita Endicott, esta mañana hemos arrestado al senador Kendrick por el asesinato de su hermana Marie —anunció el detective sin preámbulos.

Jacinda se quedó sin respiración.

–¿Cómo?

–Hemos recuperado la cinta de la cámara de seguridad de la azotea perteneciente a la noche de la muerte de su hermana. Parece que ella y el senador Kendrick tuvieron una discusión y él la empujó a la muerte.

Jacinda inspiró hondo y sintió que se le llenaban los ojos de lágrimas.

Por fin se conocía la verdad.

Gage le acarició el brazo.

–¿Estás bien?

Ella asintió, momentáneamente incapaz de hablar.

Por fin, dijo:

–¿Cómo? Ustedes tenían la teoría de que había sido un residente del edificio quien estaba tras el crimen.

–¿No lo sabías? –intervino Gage–. Kendrick estuvo viviendo en el 8C con su esposa hasta julio, cuando se mudaron y pusieron su piso a la venta.

Justo cuando Marie había fallecido, pensó Jacinda. Y justo antes de que ella se convirtiera en Jane Elliot.

–Tenemos pruebas de que el senador mantenía un romance con Marie Endicott –añadió McGray–. La esposa del senador era consciente de que su marido la engañaba, aunque no sabía con quién. Probablemente por eso se separaron. Cuando arrestamos al senador esta mañana, Charmaine Kendrick nos presentó unas cartas de amor que había descubierto entre su marido y su anónima amante.

Jacinda frunció el ceño.

–Me sorprende que la esposa del senador estuviera tan dispuesta a cooperar. No parece la típica mujer de un político.

–Nunca has conocido a Charmaine, ¿verdad? –preguntó Gage mirándola–. Tengo la impresión de que llevaba bastante tiempo siendo infeliz junto a Kendrick. Y al ser la esposa engañada, entregarle le permite ganar más puntos en los procedimientos de divorcio. Y créeme, de divorcios sé algo.

–¿Cómo han encontrado la cinta de vigilancia después de todo este tiempo? –le preguntó Jacinda al detective.

–Vivian Vannick-Smythe nos la ha entregado.

Ante la sorpresa de Jacinda, el detective se aclaró la garganta.

–La señora Vannick-Smythe del 12A y su amante, Henry Brown, han estado chantajeando a los vecinos de este edificio.

Jacinda miró atónita al hombre.

–¿Qué? ¿Cómo lo han descubierto ustedes?

Era una bomba.

–Cuando interrogamos tanto a Vivian como a Henry acerca de lo sucedido en el edificio, ambos negaron inicialmente tener ninguna relación –relató McGray.

Jacinda asintió.

–Por supuesto.

No lograba imaginarse a la matrona de hielo de la planta doce reconociendo nada. Vivian Vannick-Smythe seguramente habría erizado sus pinchos sólo con que la policía la abordara.

–Pero Vivian se puso nerviosa cuando le dijimos que también estábamos interrogando a Henry Brown –añadió McGray con cierto cinismo–. Así que decidió proponer un trato. Una vez que hubo llamado a su abogado, por supuesto.

–Déjeme adivinar –intervino Gage.

El detective asintió levemente.

–Ella se ofreció a cooperar una vez que obtuvo garantías de que la trataríamos bien –añadió.

–Así que decidió entregar a su amante –concluyó Jacinda.

–Podría decirse así –respondió McGray–. Al relacionar las confesiones de ambos, llegamos a la conclusión de que los dos participaron en los chantajes desde el principio. La cinta de vídeo de la noche del asesinato era uno de los objetos que estaban empleando para amenazar al senador Kendrick. Por eso la retenían.

Jacinda se clavó las uñas en los dorsos de las manos. Vivian Vannick-Smythe era una arpía. ¡Y pensar lo mucho que su familia y ella habían sufrido los meses anteriores mientras esa mujer tenía la llave para resolver el asesinato de su hermana!

–Vivian nos ha entregado la prueba para arrestar a Kendrick a cambio de que accediéramos a no acusarla de chantaje y de retención de prue- bas –añadió McGray con voz grave.

–¿Y Henry se ha derrumbado y confesado? –preguntó Gage.

El detective fijó su mirada en él.

–Sólo cuando le hemos dicho que Vivian lo había señalado como el autor de los chantajes. Él ha confesado que había sido amante de Vivian y que ella lo había convencido para que participara en los chantajes junto a ella.

Jacinda sintió cierta simpatía hacia Henry. Él estaba en la cárcel acusado de varios crímenes mientras que a Vivian la soltarían pronto por su cooperación. Debió de ser Henry quien contestó el teléfono allá por julio cuando ella telefoneó desde Londres buscando información acerca de la anterior empleada de hogar de Gage.

–Usted ha dicho que la cinta era una de las cosas que ellos estaban empleando para chantajear a Kendrick –presionó Gage–. ¿Había más cosas?

Jacinda miró a ambos hombres perpleja.

–¿Por qué? ¿Por qué tuvo él que matar a mi hermana? No tiene sentido.

–Desgraciadamente, sí lo tiene –comentó el detective con cierta empatía en la voz–. Uno de los posibles motivos del asesinato fue que Kendrick creía que su hermana era quien lo estaba chantajeando.

Jacinda contuvo el aliento. Se sentía mareada.

–Verá: Henry admitió que Vivian y él chantajearon a Kendrick inicialmente amenazándole con hacer público su romance extramarital y arruinar su carrera política –explicó McGray.

–Y, dado que Kendrick había sido tan cuidadoso, tan discreto acerca de su aventura con Marie, debió de figurarse que ella era la única posible chantajista –supuso Gage.

–Exacto –afirmó el detective.

Jacinda sacudió la cabeza sin poder creerlo.

–¿Cómo descubrieron Vivian y Henry su aventura? –inquirió y miró al detective–. Ni ustedes ni yo encontramos nada y ambos rebuscamos entre las cosas de Marie.

–Henry confesó que Vivian y él entraron en el piso de Kendrick cuando vivía en el edificio. Supongo que debieron de encontrar alguna carta de amor, igual que hizo la señora Kendrick.

–¿Por qué nosotros no encontramos ninguna de esas cartas en el piso de Marie?

McGray se encogió de hombros.

–Es posible que Kendrick las destruyera. Debió de ponerse nervioso al ser chantajeado y llevárselas del apartamento de Marie en algún momento.

Jacinda sacudió la cabeza de nuevo.

–¿Cómo podían ser tan discretos y al mismo tiempo escribirse cartas de amor?

McGray tosió.

–Las cartas de amor iban firmadas con apodos y debían de entregárselas en mano o, al menos, en lugares secretos que sólo la otra persona conocía.

–Así que Vivian y Henry sabían que Kendrick mantenía un romance extramarital con alguien, pero no supieron con quién hasta que vieron la cinta –murmuró Gage.

–Seguramente fue así –concedió McGray–. Qué pena para Kendrick que no se diera cuenta de que la azotea estaba vigilada con cámaras.

Jacinda dio un respingo.

–¿Ha confesado Kendrick que mató a mi hermana?

McGray resopló con desdén.

–Kendrick es un político y uno muy poderoso. No ha admitido nada pero tiene un abogado. Esto se va a convertir en un escándalo en cuanto la prensa se entere. Va a hacer que los problemas de Kendrick con su personal y la investigación en curso del Organismo Regulador del Mercado de Valores parezcan de juguete.

–Ahora recuerdo que Marie mencionó que estaba trabajando como voluntaria en la campaña de reelección del senador Kendrick –murmuró Jacinda–. El hecho de que los dos vivieran en el mismo edificio suponía la tapadera perfecta.

Así cobraba sentido que ni ella ni la policía hubieran encontrado ni un papel o correo electrónico entre Marie y el senador, pensó. Al vivir tan próximos, lo único que el senador había necesitado para comunicarse con Marie había sido acudir a su puerta.

Jacinda recordaba haber encontrado material sobre la campaña de reelección de Kendrick en el piso de su hermana. En aquel momento no le había llamado la atención que Marie estuviera colaborando como voluntaria en la campaña. Como resultado, ninguna de las llamadas telefónicas de Marie a la oficina de campaña del senador resultarían sospechosas.

Debía de haber sido atrevido y estresante para el senador que su esposa y su amante vivieran en el mismo edificio. Pero también tremendamente conveniente.

La evidencia había estado justo bajo sus narices, pensó Jacinda. ¿Por qué no había sospechado nada? ¿Había sido demasiado ingenua para creer que su hermana podría tener una aventura con un hombre casado? ¿Un poderoso funcionario público?

Marie…

–Según la confesión de Henry Brown, el senador Kendrick fue el único residente del edificio que pagó el dinero del chantaje –dijo el detective McGray–. Todos los demás se negaron y acudieron a la policía.

–Kendrick es un idiota –murmuró Gage.

Jacinda lo miró.

–Más que un idiota: un asesino –sentenció.

Una vez que el shock inicial de haber descubierto la verdad de la muerte de su hermana empezaba a disiparse, ella sentía la frustración inundándola a raudales.

Llevaba seis meses en su lucha solitaria. Su corazonada inicial había sido correcta: su hermana había sido asesinada. Ella había estado en lo cierto y la policía se había equivocado.

Y, en lugar de ofrecerle su ayuda libremente, Gage se la había intercambiado por convertirse en su amante.

—Me gustaría ver el vídeo —comentó ella emocionada al detective.

El hombre dudó.

—¿Está segura de que se siente preparada? ¿Y de que quiere hacerlo? Intentamos evitar los detalles escabrosos a las familias.

Jacinda elevó la barbilla.

—Cuéntemelo.

El detective McGray clavó la mirada en la alfombra.

—Su hermana y Kendrick parecen estar discutiendo —comenzó de mala gana—. Supongo que él la engañó para que subiera a la azotea con la promesa de una cita amorosa, pero con la intención real de tratar el tema del chantaje. En cualquier caso, en la cinta Marie está negando con la cabeza justo antes de que...

El detective enmudeció.

—De que Kendrick la empuje al vacío —terminó Jacinda con los ojos llenos de lágrimas.

Miró a Gage y al detective.

—Todo el mundo trató de desanimarme, pero yo sabía desde el principio que mi hermana no se había suicidado.

–Señorita Endicott, comprendo que esté molesta… –dijo McGray.

–Llevo molesta seis meses –le espetó ella y se puso en pie–. Gracias por pasarse por aquí, detective. Le agradezco que haya venido a darme la noticia usted mismo.

Su tono era frío e impersonal.

Tras un momento de sorpresa y después de mirar a Gage, el detective se puso en pie y Gage los imitó.

–Siento su pérdida, señorita Endicott.

Jacinda asintió como atontada.

–Acompañaré al detective a la puerta –dijo Gage.

–Gracias –dijo ella a nadie en particular y se alejó hacia la parte trasera del ático.

Había terminado con la policía… y con Gage.

–¿Estás bien? –preguntó Gage desde la puerta del dormitorio principal.

–Sí –respondió ella sin dejar de guardar sus artículos de tocador en un neceser.

–No lo parece.

De hecho, se sentía como si hubiera mantenido un combate de nueve asaltos con un oponente fantasma, pensó ella.

Al menos, la pelea había terminado. El asesino de Marie había sido hallado.

Pero, mientras ella había ido aceptando gradualmente la pérdida de su hermana durante los últimos meses, en aquel momento se enfrentaba a perder a Gage también.

Le dolía el corazón.

Se estremeció.

Aquello no tenía sentido. Estaba furiosa con él. Él le había hecho pagar por contar con su ayuda. Y luego le había dado largas, más interesado en continuar con su aventura que en ayudarla a resolver el crimen.

Una vez aclarado todo, y terminado su acuerdo, no le permitiría dejarla de lado como otro de sus juguetes de los que se hubiera aburrido. Se protegería marchándose primero.

—Es tarde en Londres —señaló ella—. Pero tengo que telefonear a Andrew y a mis padres.

—Hay tiempo para eso —replicó Gage.

—Ésa siempre ha sido tu filosofía, ¿verdad? —le espetó ella secamente.

Gage frunció el ceño.

—¿A qué te refieres?

—A que nunca te esforzaste por resolver el asesinato de Marie —afirmó ella y le imitó—. «Vamos a las Bermudas, Jacinda. Deja que la policía haga su trabajo, Jacinda».

Gage la miró iracundo.

—¡De hecho, estabas deseando que la investigación se alargara para que yo continuara siendo tu amante!

—¿Eso es lo que crees?

—Eso es lo que sé —remató ella cerrando el neceser y agarrando su equipaje de mano—. El caso de Marie ya está resuelto, así que, según las condiciones de nuestro acuerdo, nuestro romance ha terminado.

Se encaminó hacia la puerta.

—¿Adónde vas? —le preguntó Gage.

—A casa, a hacer el equipaje —respondió ella sin mirarlo—. Si me doy prisa, tal vez sea capaz de llegar a Londres antes del fin de Navidad.

Las lágrimas amenazaban con escapársele, pero ella las retuvo.

—¡Eso sería un regalo maravilloso! —añadió.

«Serían unas Navidades deprimentes», pensó. Pero continuó caminando aun con labios temblorosos.

Sólo cuando salió a la calle y llamó a un taxi en lugar de permitir que lo hiciera el portero, permitió que la inundaran las lágrimas.

Capítulo Nueve

Maldición.

Nada más oír la puerta principal cerrándose tras Jacinda, Gage sintió el extraño silencio de quedarse solo en Nochebuena en una ciudad de más de ocho millones de personas.

Se sintió tentado de ir tras ella, pero logró dominarse.

Jacinda lo había acusado de no haberse esforzado por aclarar el asesinato de Marie para disfrutar más de que ella fuera su amante.

Su reacción inicial había sido negarlo, pero se había contenido y obligado a examinar sus motivaciones, algo que previamente había evitado.

La acusación de Jacinda era cierta. Al menos, parcialmente.

Gage se pasó la mano por el pelo con frustración y contempló el dormitorio principal.

Jacinda había dejado su sello en la habitación. Algunas de sus cosas seguían allí y su aroma todavía flotaba en el ambiente.

Gage miró la cama y recordó las noches de pasión que habían compartido allí.

Él había encontrado un alivio… no, más bien

una libertad en sus brazos que no había hallado junto a ninguna otra mujer.

Ella era ambiciosa pero acogedora, justo lo que él buscaba.

Se había servido de un engaño para infiltrarse en su vida y traspasar sus defensas. Pero una vez dentro de su casa, se había convertido en una parte de su vida sin la cual no podía pasar.

Y se había marchado.

«Nuestro romance ha terminado», había dicho.

Era cierto, había llegado a un acuerdo con Jacinda, algo de lo que no estaba demasiado orgulloso, debía admitir. Y una vez que Kendrick había sido arrestado ya no seguía habiendo razones para que Jacinda permaneciera allí.

No había manera de lograr que se quedara... a menos, tal vez, que él se la jugara.

Ya era hora de dejar atrás el pasado, se dio cuenta. De desprenderse del hecho de que su relación había empezado con mal pie, con un crimen seguido de un engaño y un malicioso acuerdo. Aún más: era hora de que se desprendiera de la carga de su divorcio que sólo había entorpecido su relación con Jacinda.

Comprobó la hora. Eran poco más de las cuatro. Si se daba prisa, podría hacerse con un nuevo regalo de Navidad para Jacinda y acudir a su apartamento antes de que partiera al aeropuerto. Ella necesitaría algo de tiempo para hacer el equipaje y conseguir un billete.

Si era necesario, la seguiría a Londres, se dijo.

Ya había escogido un caro pero elegante reloj de oro para ella, pero decidió reservarlo para el día siguiente. Si todavía estaban juntos. Para eso, en las próximas horas debía trabajar duro.

Confió en que su chófer habitual recordaría la dirección de Jacinda. Había sido el conductor que ella había empleado para hacer los recados y para recoger lo que necesitaba de su apartamento.

Gage salió del dormitorio y desde su teléfono móvil avisó a su chófer de que se preparara inmediatamente. Luego agarró su abrigo, abrió la puerta para salir... y se encontró con los Wellington en el vestíbulo.

Ellos lo miraron sorprendidos. Elizabeth llevaba a Lucas en brazos y Reed estaba cerrando la puerta con llave. Era evidente que se disponían a salir.

—¡Felices fiestas, Gage! —exclamó Elizabeth.

A él no le parecían tan felices en aquel momento, pero esperaba arreglar la situación.

—¿Conoces las últimas noticias? —comentó Reed—. La policía acaba de llamarnos.

Así que el detective McGray y sus compañeros del departamento de policía no habían perdido el tiempo, pensó Gage. Las noticias estaban extendiéndose rápido. Pronto llegarían a la prensa si no lo habían hecho ya.

—Las conozco —contestó Gage.

—Otra razón por la que dar las gracias estas Navidades —indicó Elizabeth mientras el bebé reía en sus brazos.

Reed miró a Gage con más atención.

—¿Algo va mal? ¿Te ha llamado la policía?

—De hecho, el detective McGray en persona ha estado en mi casa.

Reed enarcó las cejas.

—Sorprendente.

—No del todo cuando tu ama de llaves resulta ser la hermana de Marie Endicott.

Reed y Elizabeth lo miraron atónitos. Reed se recuperó primero de la sorpresa.

—¿Resolviendo crímenes en tu tiempo libre? —preguntó con un humor seco.

—¡Sabía que había algo más entre vosotros de lo que parecía! —exclamó Elizabeth.

Gage apretó el botón del ascensor.

—Si me disculpáis, tengo que hablar con Jacinda antes de que se suba a un avión hacia Londres.

Se irguió y contempló la cálida estampa familiar que presentaban los Wellington: una pareja felizmente casada, un bebé y otro en camino.

Él también podía tener eso. Y eso era lo que deseaba. De pronto, vio su futuro.

Si se apresuraba.

Reed lo miró.

—Por supuesto, no queremos entretenerte.

—¡Buena suerte! —le deseó Elizabeth conforme Gage entraba en el ascensor.

–Gracias –contestó él antes de que las puertas se cerraran.

Su coche apareció al poco de que él llegara a la calle. Y afortunadamente, el conductor recordaba haber llevado a Jacinda a York Avenue en la esquina con la calle Ochenta y dos un par de veces, a su apartamento.

Tras una parada rápida para hacerse con el nuevo regalo de Jacinda, el conductor se dirigió a York Avenue. Iban despacio porque era hora punta y además había muchos peatones a causa de las fiestas.

Gage hincó los dedos en el reposabrazos de cuero de su asiento.

Cuando llegaron a casa de Jacinda, se bajó de un salto del coche y maldijo al ver que el edificio tenía una cámara de seguridad pero no portero físico.

Observó los timbres y sintió alivio al ver el nombre Elliot bajo el apartamento 5B. Parecía que Jacinda se había esforzado por que su identidad como Jane Elliot resultara lo más real posible y, por una vez, Gage lo agradeció.

Sabía que ella no querría que subiera, pero de todas formas llamó al timbre y esperó. Cuando no obtuvo respuesta, volvió a intentarlo. Una y otra vez.

¿Estaba ignorándolo? ¿O tal vez era demasiado tarde y ella ya estaba camino del aeropuerto? Esa posibilidad le puso un nudo en el estómago.

No tuvo que seguir con sus disquisiciones porque llegó uno de los vecinos del edificio.

Gage sonrió al anciano y se disculpó por no ser capaz de encontrar su llave. El otro hombre observó su traje caro y, con una leve inclinación de cabeza, le abrió la puerta.

Mientras Gage subía al ascensor, agradeció al universo que los neoyorquinos no hicieran preguntas.

Al llegar a la quinta planta, se detuvo delante del número 5B y llamó a la puerta.

Al no obtener respuesta, observó la rendija entre la puerta y el suelo.

Ninguna luz. Ningún sonido.

Maldición.

Ella juraría que no había un solo taxi libre en toda la isla de Manhattan en aquel momento.

Jacinda trotó a lo largo de la calle Ochenta y dos tirando de su maleta con ruedas.

Todavía no había digerido todo lo que había sucedido aquel día.

El senador Kendrick había sido arrestado por la muerte de Marie.

Al llegar a su estudio, había buscado en Internet una fotografía del senador. Nada más verla, todo había encajado: Kendrick era alto, de cabello y ojos oscuros. Y tenía un hoyuelo en la mejilla.

Después, había telefoneado a sus padres en Londres para informarles de las noticias. La llamada había sido extenuante a nivel emocional. Había derramado muchas lágrimas junto con su madre, separadas por un océano.

Al final de la llamada, les había dicho que intentaría conseguir un asiento de última hora en un vuelo para Londres por mucho que el destino se le resistiera.

Pero no había contado con que sería tan difícil encontrar un taxi para llegar al aeropuerto.

En Nochebuena, Manhattan se abarrotaba de turistas y compradores. Y además de todo eso, tenía frío, se sentía miserable y, a cada segundo, más desanimada.

Podría intentar llegar al aeropuerto con uno de los trenes especiales o por autobús desde la calle Cuarenta y dos. Pero tendría que meterse en el metro para cualquiera de las dos opciones y la parada de metro más cercana estaba muy lejos.

Aunque empezaba a asumir que tal vez no tuviera otra opción.

Al girar la esquina de York Avenue con la calle Ochenta y dos elevó la mirada… y se detuvo en seco.

Gage. Estaba inclinado, apoyado sobre la ventanilla de una limusina negra con lunas tintadas, aparentemente hablando con el conductor.

Se quedó inmóvil conforme él se erguía y miraba a ambos extremos de la calle.

Gage se fijó en ella y detuvo su búsqueda.

¿Por qué estaba allí?, se preguntó Jacinda.

Tras unos instantes, él se acercó con expresión críptica. Se detuvo delante de ella, miró su maleta y luego a ella de nuevo.

—¿Necesitas transporte?

Su oferta resultaba providencial, pensó Jacinda. O tal vez no. Elevó la barbilla.

—Necesito ir al aeropuerto JFK.

—Eso me había imaginado.

Ella lo miró recelosa.

—No conseguirás un taxi aquí –le advirtió.

—¿Vas a obligarme a aceptar un viaje en coche igual que me forzaste a convertirme en tu amante? –le espetó ella.

Gage apretó la mandíbula y luego la relajó.

—Supongo que me lo merezco.

Su *mea culpa* sorprendió a Jacinda.

Él señaló el coche con la mano.

—De todas formas, la oferta sigue en pie.

Ella titubeó y luego se acercó a él a regañadientes.

—Ya que eres mi única opción, acepto.

Gage agarró su equipaje.

—Lo llevaré yo –se ofreció.

Jacinda lo miró, sus rostros a meros centímetros de distancia, y tragó saliva.

—De acuerdo. Gracias.

No había nada como que un multimillonario te llevara el equipaje, pensó ella. Sus amigas y sus compañeras de trabajo en Londres creerían que estaba loca por dejarle.

Entonces se estremeció. Ella no estaba loca. Él era un estúpido, se dijo, afianzándose en su determinación.

Después de que Gage hubo metido la maleta en el maletero, le abrió la puerta a Jacinda y ella se acomodó en el lujoso coche.

Gage rodeó el vehículo y se subió después de haber intercambiado unas palabras con el conductor.

Después de advertir que había una mampara de separación con el conductor que también les ocultaba las vistas, Jacinda decidió que lo mejor sería mirar por la ventanilla de su lado.

Observó a la gente correr llena de paquetes y sintió una punzada en el corazón.

El mundo entero parecía ser feliz... excepto ella.

–Jacinda.

–¿Sí?

–Mírame.

Ella hizo lo contrario.

–¿Es una orden?

–Una petición.

–Qué generoso por tu parte.

–Sé que te he hecho daño.

–La muerte de Marie es lo que me duele.

–He sido un capullo.

–Acabas de ganar puntos por reconocer eso.

–Debes saber que le conté a la policía tus sospechas acerca de Vivian y Henry.

Esa declaración la sorprendió. Se giró hacia él.

–¿Lo hiciste?

Él asintió y, por primera vez, a ella le pareció detectar cierta vulnerabilidad en su rostro.

–El detective McGray apenas me hizo caso cuando se lo dije yo –comentó ella.

–Probablemente porque no era algo nuevo para él –señaló Gage–. Lo llamé en cuanto me contaste tus sospechas acerca de Vivian y Henry.

Así que Gage no había descartado sus sospechas…

–Henry confesó a la policía que Vivian y él tenían un desacuerdo acerca de cómo repartirse el dinero del chantaje al senador –explicó Gage–. Habían quedado en que Henry se quedaría el veinticinco por ciento del dinero de los chantajes, pero cuando nadie salvo el senador pagó, Henry quiso mayor porcentaje. Ésa fue la discusión que advertiste en la sala de correo. Debería haber sabido que no me escucharías y no te quedarías quieta.

–Por supuesto que no. Y tuve razón al acudir a la policía.

–Me acusaste de no tener interés en resolver la muerte de Marie para prolongar nuestro romance –continuó Gage.

–Sí.

Ella sintió que se ruborizaba porque se daba cuenta de que había sido una acusación injusta.

–¿Por qué no me dijiste que habías llamado a McGray? ¿Por qué sugeriste que lo que creía sobre Vivian y Henry eran imaginaciones mías?

Gage suspiró.

–Después de pensarlo un poco, me di cuenta de que la conversación que habías medio oído era un ángulo que merecía la pena explorar. Pero no quería que te pusieras en peligro. Había un asesino suelto y la policía creía que se trataba de algún vecino.

–Entiendo.

Jacinda se estremeció de emoción. Gage se preocupaba por ella.

–Y tú sólo tenías razón en parte en cuanto a tu acusación –le advirtió él.

Al ver su mirada, Jacinda contuvo el aliento.

–Sí que quería continuar con nuestro romance, pero no como un castigo –le aseguró Gage mirándola a los ojos–. Sino porque te deseaba. Cada vez me gustabas más.

Ella lo miró boquiabierta.

–Estoy enamorado de ti, Jacinda.

A ella el corazón le dio un brinco al oír aquellas palabras.

–He sido un idiota, pero pasaré el resto de mi vida resarciéndote por ello, si me dejas.

Ella sintió ganas de llorar de emoción.

–Pero es tu decisión –prosiguió Gage con aquella vulnerabilidad de antes de nuevo en su mirada–. Te llevaré al aeropuerto, te dejaré regresar a casa con tu familia y nunca volveremos a vernos, si es lo que deseas.

–No puedes estar enamorado de mí –dijo ella con voz entrecortada.

Las lágrimas se agolparon al ver la mirada tierna de él.

–¿Por qué no? –le preguntó Gage, con el hoyuelo en su mejilla–. Estamos acostumbrados a ser dos personas muy cautas, pero bajamos nuestras defensas el uno con el otro.

–No puedes…

–¿Qué necesitas para convencerte? ¿Tal vez tu regalo de Navidad? –bromeó él y se palpó los bolsillos como buscando algo–. Te había comprado algo pero después de que te marcharas del piso me he dado cuenta de que esto era más apropiado.

–¡Yo no tengo tu regalo! Lo…

–¿Lo has tirado a la basura? –terminó él en broma.

–He dejado tu corbata en el piso.

Gage sonrió.

–Justo lo que necesito. Otra corbata.

Ella parpadeó para contener las lágrimas.

–¿Qué recomiendas regalar a un multimillonario?

–Se me ocurren varias sugerencias que tú podrías darle a este multimillonario que le harían muy feliz –respondió él seductoramente.

Ella se encendió ante su sugerente tono de voz.

Gage sacó un estuche de joyería y lo abrió. A Jacinda casi se le detuvo el corazón.

Un diamante redondo engarzado en un bello entramado refulgía ante ella.

–Es una herencia familiar –le explicó Gage–. Mi ex mujer nunca se lo puso porque le gustaban las cosas brillantes y nuevas. De camino aquí, me he detenido en la joyería de un amigo que me guarda unas cuantas cosas en su caja fuerte.

La emoción impedía hablar a Jacinda.

–Es muy hermoso.

Gage tomó su mano.

–Jacinda, ¿te casarías conmigo?

–¡No he dicho que te quiera!

–Te aceptaré en los términos que sean.

–¿Nunca te detienes? –preguntó ella riendo y llorando al mismo tiempo.

–No cuando deseo algo con tantas ganas. Te amo, Jacinda.

Las lágrimas bañaron las mejillas de ella.

–¡Entonces tienes suerte, porque yo también te amo!

–Cariño, no llores –dijo él enjugándole una lágrima con un dedo.

–No puedo evitarlo.

Y al instante siguiente, él la abrazó y comenzó a besarla ardientemente.

Cuando por fin se separaron, Gage le secó las lágrimas mientras ella descansaba sus manos sobre el pecho de él.

–¿Cómo va a funcionar esto? –preguntó ella repentinamente preocupada–. Tú vives en Nueva York y yo en Londres.

–Tengo una casa en Londres –indicó él–. Lograremos que funcione si realmente lo deseamos.

Ella asintió.

–Mi empresa tiene oficina en Nueva York. Podría pedirles que me trasladaran.

–¿Harías eso por mí? –preguntó Gage emocionado.

–Me gustaría mantener mi empleo, pero sigo queriendo que tú me mantengas –bromeó ella.

Gage gimió.

–Voy a tener que trabajar duro para superar eso.

Jacinda se puso un poco seria.

–Firmaré un acuerdo prenupcial. Sé que tu ex esposa…

–No quiero un acuerdo prenupcial contigo –la interrumpió él–. Cariño, estoy deseando seguir a tu lado durante el resto de mi vida.

Jacinda rió entre lágrimas de emoción.

–¿Todavía quieres ir al aeropuerto? –le preguntó él mirándola a los ojos–. Porque entendería que quisieras pasar la Navidad con tu familia, especialmente dado que…

Ella negó con la cabeza.

–Ya les he llamado y les he contado las últimas noticias –anunció y añadió más dulcemente–: Quiero pasar el veinticinco contigo, Gage. Mi familia ya están juntos y consolándose mutuamente, pero a mí no se me ocurre un lugar mejor que estar a tu lado.

La mirada de él le llenó el corazón de calidez.

–Pero me encantaría que vinieras a Londres conmigo en breve para conocerlos.

Él agarró su mano y se la llevó a los labios.

–Por supuesto. ¿Qué te parece justo después de Navidad?

–Me parece perfecto.

Después de anunciarle al conductor que regresara a su casa, Gage se volvió hacia Jacinda.

–Ven aquí y deja que te enseñe cómo hacerme un regalo de Navidad que me va a gustar mucho.

Jacinda rió y miró alarmada hacia el chófer.

–¡Gage, no estamos solos!

–Para eso sirve esta mampara y las lunas tintadas –replicó él sonriendo travieso.

Y entonces dejaron de hablar, perdidos el uno en el otro.

Epílogo

—¿Qué estás haciendo? —preguntó Gage con curiosidad.

Jacinda dejó de mirar alrededor.

—Tomando nota.

Él enarcó una ceja.

—¿Sobre qué?

Estaban en la segunda boda de Carrie y Trent Tanford, una fiesta grandiosa y elegante en Nochevieja. Tras una ceremonia en la iglesia, todo el mundo se había trasladado a cenar al Metropolitan Club, un restaurante de dos pisos decorado en mármol blanco con una escalera doble en un extremo y una enorme chimenea en el otro.

—Detalles de boda —respondió Jacinda—. Quiero que los nuestros sean perfectos.

Gage también miró a su alrededor. La decoración era una mezcla entre una boda y Nochevieja: plata, oro y blanco.

—¿Estás pensando en rosa y oro para tu boda? —preguntó él, incapaz de contener la risa.

—Ríete si quieres —le dijo ella fingiendo sentirse ofendida.

Gage advirtió con satisfacción que, dejando a

un lado las bromas, la expresión de Jacinda últimamente había sido toda luz.

Una vez que Kendrick había sido arrestado por la muerte de Marie, Jacinda se había sentido preparada para continuar con su vida de una manera que no había podido en los últimos seis meses. Y cuando su verdadera identidad se había descubierto al resto de los vecinos del 721 de Park Avenue, ellos rápidamente la habían admitido en su círculo, tratándola como otra víctima de los crímenes que se habían perpetrado en el edificio.

Por su parte, a Gage le gustaba que el futuro de Jacinda lo incluyera a él.

–¿Sabes? Yo también estoy tomando notas –comentó él acariciándola con la mirada.

Ella pareció sorprendida y feliz.

–¿Sobre qué?

Él se acercó y le susurró al oído:

–Sobre cómo voy a quitarte ese vestido.

Sonrió y ella le palmeó el brazo a modo de falsa reprimenda.

Gage se la comió con los ojos.

Jacinda estaba espectacular. Él le había comprado el vestido de satén de color burdeos con cuello en V en Saks un par de días antes, extendiendo su American Express Black Card con deleite ante aquel dinero bien gastado. El vestido sin mangas realzaba sus hombros y escote a la perfección.

Por supuesto, él había insistido en completar

el look para la noche con un collar de diamantes y rubíes y unos pendientes con los que la había sorprendido justo antes de salir hacia la boda.

–¿De qué están hablando los dos tortolitos? –preguntó Reed desde el otro lado de la mesa.

–De lo mismo que habláis tu mujer y tú, Romeo –respondió Gage logrando una carcajada de todos los que los rodeaban.

Carrie y Trent habían sentado a muchos de los vecinos del 721 de Park Avenue en la misma mesa.

–Lo dudo –replicó Reed mientras Elizabeth, junto a él, sonreía–. A menos que hablarais de cómo aliviar las náuseas matutinas o el dolor de encías de un bebé de once meses.

Gage nunca había visto a Reed más contento. Ser padres les sentaba muy bien a los Wellington. Llevaban toda la velada haciéndose arrumacos aprovechando una de sus escasas noches sin el bebé Lucas.

Gage no podía resistir tomarle el pelo a su vecino.

–Algo parecido. Habla con el ratoncito Pérez.

Hubo más carcajadas.

–De hecho, Reed –intervino Julia–, ¿por qué no me das un telefonazo cuando estés despierto a las dos de la madrugada? Emma nos tuvo despiertos a Max y a mí hasta las tres ayer.

Gage sabía por las fotos que le habían enseñado antes los Rolland que tenían una preciosa pequeña.

–Esto es lo que nos va a tocar –comentó Alex con fingida tristeza, apretando suavemente el hombro de Amanda–. Cómo agradezco que Amanda y yo estemos planeando una boda reducida y sencilla.

–Sigue soñando, Alex –contestó Reed de buen humor–. Llevas toda la velada pendiente de Amanda. Cuando llegue el momento, te verás caminando hacia el altar inmerso en una boda gigantesca, como el resto de nosotros, y encima te gustará.

–Qué malo eres –bromeó Amanda, pero Alex sonrió.

–Hablando de bodas –intervino Sebastian–. Tessa y yo esperamos veros a todos en la nuestra dentro de un par de meses en Caspia.

Jacinda dio palmas.

–Gage y yo no nos la perderíamos por nada del mundo. No todos los días nos invitan a la boda de un heredero al trono. Apuesto a que acudirá prensa de todas partes…

–No sigas –la interrumpió Tessa medio en broma–. Me pongo histérica sólo de imaginarlo.

–Creo que todos podemos soportar un poco de atención de la prensa rosa, para variar –señaló Gage.

La prensa sólo había hablado del reciente arresto del senador Kendrick.

–Secundo eso –dijo Trent Tanford.

Gage vio a la pareja de novios acercándose a su mesa.

–¿Vosotros dos no deberíais estar atendiendo a los invitados? –les dijo Reed.

–Vosotros sois los invitados –le recordó Trent.

Carrie sonrió mientras acariciaba el brazo de su marido.

–Además, hemos venido a avisaros de que en unos minutos va a haber un baile de medianoche para celebrar el Año Nuevo.

–Seguro que es un buen año para todos nosotros –dijo Gage–. Vivian ha puesto su piso en venta y se ha mudado a otro lugar.

–¿En serio? –exclamaron Sebastian y Trent al unísono.

Gage asintió, sabedor de que los apartamentos de Sebastian y Trent se hallaban en la misma planta que el de Vivian y que ninguno de los dos tenía deseos de continuar como vecinos de ella.

–La única razón por la cual Vivian no está entre rejas es porque cooperó con la policía ofreciéndoles pruebas contra el senador Kendrick e implicando a su amante, Henry Brown.

–Lo que quisiera saber –señaló Julia–, es cómo y por qué. ¿Cómo lo hizo?

–Buena pregunta –dijo Gage mirando a sus compañeros de mesa–. Muchos de vosotros seguramente no lo sabréis, pero la familia de Vivian era propietaria de nuestro inmueble. Aunque tuvieron que venderlo cuando sus fortunas declinaron, se quedaron con un apartamento, el de Vivian. Según la policía, su difunto marido era el jefe de seguridad del edificio.

181

Reed esbozó una sonrisa.

–Así que Vivian, la reina de hielo, no es la primera vez que se acuesta con un empleado.

Gage ladeó la cabeza, consciente de que todo el mundo le prestaba atención.

–Coincido en que eso es interesante. También significa que estaba familiarizada con la seguridad del bloque.

Reed soltó una risotada ante el doble sentido de las palabras de Gage.

–O sea, que Vivian sabía cómo acceder a todos los apartamentos para poder usar las indiscreciones de la gente contra ellos –concluyó Max.

–Exacto –respondió Gage–. De hecho, creo que por eso el Organismo Regulador del Mercado de Valores empezó a investigarnos a Reed y a mí bajo la sospecha de habernos servido de información privilegiada hace un par de meses. Vivian debió de colarse en el piso de Reed o en el mío y malinterpretar, tal vez deliberadamente, algunas notas sobre la compra de acciones. Cuando Reed se negó a pagar el chantaje sobre su supuesto desliz financiero, Vivian debió de acudir al Organismo con la historia de la compra.

Trent asintió.

–Tiene sentido. Henry y ella debieron de entrar en mi apartamento y encontrar fotos mías con Marie. Seguramente copiaron la tarjeta de memoria de mi cámara digital y la devolvieron a su sitio sin que yo me diera cuenta –comentó y se quedó pensativo–. Y cuando me negué a pagar el chantaje, les entregaron las fotos a la prensa.

–Ella o Henry debieron de entrar en todos los apartamentos –dijo Max–. Probablemente así empezó la idea de los chantajes.

–Pero, ¿por qué? –preguntó Julia–. ¿Por qué intentó chantajearnos?

Gage hizo una mueca.

–Es la pregunta del millón, si no os importa otra broma mala. Según la policía, Vivian no andaba muy bien de dinero desde la muerte de su marido. Para poder mantener su lujoso estilo de vida, decidió chantajear a vecinos ricos con la ayuda de Henry.

–Y pensar que me asustaban sus ruidosos perros –confesó Elizabeth Wellington.

–Ya no vamos a tener que preocuparnos por ellos –afirmó Trent.

Jacinda se alegraba de eso. Y no podía evitar pensar qué podría haber ocurrido.

–Si Vivian no hubiera sido tan mala persona, mi hermana tal vez seguiría viva –comentó con tristeza–. El chantaje de Vivian fue lo que sacó de quicio a Kendrick. Él creyó que Marie lo estaba chantajeando con la amenaza de hacer público su romance. Parece que él, igual que nosotros, nunca sospechó de Vivian ni de Henry.

Elizabeth le tocó el brazo con empatía.

–Jacinda, lo siento mucho. Tú has sufrido más que nosotros en todo este episodio.

Hubo murmullos de asentimiento en toda la mesa.

–Gracias –dijo Jacinda, apretando suavemente la mano de Elizabeth–. Afortunadamente, al menos el senador Kendrick está en la cárcel.

Miró alrededor, a todos aquellos rostros que le ofrecían su apoyo y simpatía. Sus vecinos. Sus nuevos amigos.

–Y espero que esto signifique un nuevo capítulo en la vida del 721 de Park Avenue –añadió.

–¿Te refieres ahora que las ratas entre nosotros han sido eliminadas? –preguntó Max retóricamente.

Jacinda sonrió.

–No sólo eso. Además, dentro de poco comenzará un desfile de bodas y nacimientos –dijo y miró a Gage.

Él se había abierto en los últimos tiempos y se comportaba muy diferente al hombre reservado que ella había conocido seis meses antes.

Jacinda miró a los presentes.

–Para empezar, Gage y yo proponemos fiesta en nuestra casa los viernes por la noche para celebrar que, ¡por fin es viernes!

Gage enarcó las cejas y luego le guiñó un ojo.

–Por supuesto, la empleada de hogar limpiará antes de vuestra llegada –añadió ella a modo de broma.

Todo el mundo se echó a reír.

–Creí haberte reconocido en el ascensor –comentó Sebastian.

–Lo siento, pero tenía que mentir –se disculpó ella y, al ver la mirada atónita de Amanda, explicó–: Sebastian estudió en el internado en Inglaterra con mi hermano. No nos habíamos visto hacía años pero, cuando hace poco nos encontramos en el ascensor, él creyó reconocerme. Por supuesto, tuve que convencerlo de que era la empleada de hogar de Gage para poder continuar con mi misión de destapar la verdadera historia que se ocultaba tras la muerte de mi hermana.

–Y Gage y tú os enamorasteis en el proceso –añadió Tessa con una sonrisa–. Qué romántico, como dos espías que se enamoran.

–Gage, esbirro –intervino Sebastian–. Y nosotros que sospechábamos que simplemente estabas acostándote con la criada. Era incluso más complicado que eso.

Gage sonrió enigmáticamente y Jacinda se contuvo para no reírse. No tenía sentido contarles que ella también había engañado a Gage hasta hacía muy poco. Le gustaba que creyeran que Gage había formado parte de la charada desde el principio.

Después de todo, ella había conseguido su héroe.

De todas formas, no pudo resistirse a bromear adoptando una expresión de fingida sorpresa.

–¿Todos sospechabais que Gage se acostaba con su criada?

Elizabeth rió.

—¡Sí, su estado de ánimo había mejorado!

—Sí, pensábamos que debía de estar teniendo sexo —añadió Reed con una sonrisa traviesa.

Jacinda sintió que se ruborizaba y, a su lado, Gage rió de manera cómplice.

En aquel momento, la banda de música comenzó a tocar de nuevo, poniendo fin a la conversación.

—Creo que es nuestra señal —le dijo Carrie a Trent.

Entre una salva de aplausos, Carrie y Trent se dirigieron a cortar la tarta.

Poco tiempo después, repartida la tarta, Jacinda salió con Gage y las otras parejas del 721 de Park Avenue a la pista de baile junto al nuevo matrimonio y el resto de invitados para el baile de medianoche.

Conforme los músicos empezaron a tocar, las parejas comenzaron a bailar.

Jacinda notó el cuerpo de Gage apretado contra el suyo y suspiró, cerró los ojos y apoyó la cabeza sobre su hombro.

—¿Estás feliz? —le preguntó Gage al oído.

—¿Se nota? —respondió también en un susurro y con una sonrisa.

Gage rió suavemente.

—Sólo por lo bueno —dijo y la besó en la sien—. Y hablando de notarse, esa racha de próximos bebés en el edificio está dándome ideas.

Ella lo miró a los ojos al tiempo que el corazón le daba un brinco. Se dio cuenta de que quería tener un bebé con Gage. Él sería un gran padre, atento, amoroso. Todo lo que ya había revelado ser con ella.

Jacinda ladeó la cabeza y preguntó bromeando:

—¿Pero no vamos a casarnos primero?

Habían acordado casarse en Londres en mayo y luego convertir el 721 de Park Avenue en su residencia principal. De hecho, ella ya había pedido un traslado a la oficina de Winter & Baker en Nueva York.

Gage le dirigió una mirada traviesa.

—Sí, pero necesitaremos practicar. Mucho.

—Sí, por favor —respondió ella y él se echó a reír.

Todo indicaba que antes o después ella pediría otro permiso indefinido de Winter & Baker.

La semana anterior, después de Navidad, Gage y ella habían volado a Londres y después a Suiza para anunciar su compromiso a sus respectivos padres.

Ambas familias habían recibido encantadas la noticia.

Jacinda se alegraba de que su familia en particular hubiera acogido la feliz noticia al final de un año difícil. Cuando había confesado que había pasado los últimos seis meses en Nueva York intentando aclarar la muerte de su hermana, sus padres se habían preocupado mucho. Y eso que Gage y ella no les habían contado que ella se había hecho pasar por su empleada de hogar. Pero incluso ese sobresalto se había olvidado pronto, perdido en la alegría por su compromiso.

Las últimas notas de la canción se apagaron y la principal cantante de la banda habló por el micrófono.

Jacinda, junto con Gage y el resto de invitados, se giraron hacia el escenario.

—Los últimos segundos, damas y caballeros —anunció la cantante—. Diez… nueve…

—Aquí llega —dijo Gage en voz baja.

Todos a su alrededor habían empezado a contar.

—Seis… cinco…

Jacinda miró a Gage.

—El año que viene te amaré tanto como éste.

—Bueno es saberlo —dijo él mostrando su hoyuelo.

—Uno…

Gage la besó conforme la multitud a su alrededor gritaba:

—¡Feliz año nuevo!

Y Jacinda no tenía ninguna duda de que sería un año muy feliz para Gage y ella. Esperaba que el primero de muchos.

Tenían muchas cosas que disfrutar por delante: una boda, hijos y una vida juntos.

Se habían encontrado el uno en el otro.

Deseo™

El heredero oculto

Yvonne Lindsay

Ojo por ojo. Ése era el lema de Mason Knight en la sala de juntas… y en el dormitorio. Y, desde luego, se aplicaba a la cazafortunas Helena Davies. Aquella mujer deslumbrante y preciosa había pasado una inolvidable noche en sus brazos, pero al día siguiente se había casado con un hombre mucho mayor que ella.

Doce años después, Helena, ya viuda, apareció en la casa de Mason afirmando que su hijo era realmente hijo de él y que haría cualquier cosa para asegurar su herencia.

Oh, sí, finalmente Mason Knight podría llevar a cabo su venganza.

**Había apartado de él a su hijo…
y ahora él le haría lo mismo**

Acepte 2 de nuestras mejores novelas de amor GRATIS

¡Y reciba un regalo sorpresa!

Oferta especial de tiempo limitado

Rellene el cupón y envíelo a
Harlequin Reader Service®
3010 Walden Ave.
P.O. Box 1867
Buffalo, N.Y. 14240-1867

¡Sí! Por favor, envíenme 2 novelas de amor de Harlequin (1 Bianca® y 1 Deseo®) gratis, más el regalo sorpresa. Luego remítanme 4 novelas nuevas todos los meses, las cuales recibiré mucho antes de que aparezcan en librerías, y factúrenme al bajo precio de $3,24 cada una, más $0,25 por envío e impuesto de ventas, si corresponde*. Este es el precio total, y es un ahorro de casi el 20% sobre el precio de portada. !Una oferta excelente! Entiendo que el hecho de aceptar estos libros y el regalo no me obliga en forma alguna a la compra de libros adicionales. Y también que puedo devolver cualquier envío y cancelar en cualquier momento. Aún si decido no comprar ningún otro libro de Harlequin, los 2 libros gratis y el regalo sorpresa son míos para siempre.

416 LBN DU7N

Nombre y apellido	(Por favor, letra de molde)	
Dirección	Apartamento No.	
Ciudad	Estado	Zona postal

Esta oferta se limita a un pedido por hogar y no está disponible para los subscriptores actuales de Deseo® y Bianca®.
*Los términos y precios quedan sujetos a cambios sin aviso previo.
Impuestos de ventas aplican en N.Y.

SPN-03   ©2003 Harlequin Enterprises Limited

Bianca™

Tenía el deber de casarse y llevar en su vientre al heredero de la Corona...

El príncipe Claudio Scorsolini tuvo un estricto criterio para seleccionar a su futura esposa. Ella debía ser una figura adecuada para su pueblo y darle un heredero...

La unión por conveniencia de Claudio con Therese fue un éxito. Su esposa era perfecta para el papel de futura reina y cumplía con sus obligaciones en su dormitorio, para satisfacción de él.

No obstante, Therese se enamoró secretamente de su marido. Pero, ¿cómo podía sobrevivir su matrimonio cuando ella sabía que no podía darle a Claudio el hijo que deseaba?

Enamorada del príncipe

Lucy Monroe

Deseo™

El león del desierto

Olivia Gates

Su matrimonio era una farsa para sal-
var el reino de Kamal al Masud. A cambio de que Aliyah le diera un heredero,
Kamal le concedería cualquier cosa.
Todo, salvo la confianza y la intimidad
que ella tanto deseaba.

Cuando años atrás Kamal rompió su
apasionada aventura amorosa, se prometió a sí mismo que Aliyah nunca lo
atraparía de nuevo. Sólo un iluso se dejaría llevar por el corazón. Del mismo
modo, sólo una mujer como Aliyah se
atrevería a desafiar al rey en una apasionada batalla de voluntades…

Te casarás con tu enemigo